KB197046

제주의 말 타는 날들

제주의
말 타는 날들

아슬아슬 본격 승마 어드벤처

김용희 지음

"일어나

한번 달려보는 거야"

"떨어져도 괜찮아.

　다시 올라타면 돼."

맞이하는 글

승마, 당신을 맞이하며

태어나 처음으로 승마를 하게 되었습니다. 저는 평생 말을 탈 거란 생각은 해본 적도 없는데, 사람 일은 참 알다가도 모르겠습니다.

시작했으니 정말 멋지게 잘하고 싶었지만, 제 몸은 생각처럼 잘 움직여 주지 않았고 제가 탄 말도 그랬습니다.

처음에는 말이 너무 커서 가까이 다가가기 무서웠고, 한참을 어떻게 타는지 몰라 감을 못 잡고 우왕좌왕했습니다. 그럴 때마다 말은 가다가 그대로 서버렸고, 밑에 계시던 저희 반 〈덜커덩 선생님〉은 소리치셨습니다.

"멍때리면 안 돼요. 내 말 들려요? 뭐든 해야지. 앉아만 있으면 어떻게 해요? 말이 가주는 게 아니에요. 내가 타야 해."

그렇게 한 학기를 보냈습니다. 이제껏 제가 생각했던 승마는 멋진 '귀족' 이미지였는데, 제가 경험한 승마는 마치 '강한 자'가 되기 위한 하나의 과정 같았습니다.

말을 제대로 리드하고, 자신이 가진 두려움을 극복하고, 잘되지 않더라도 해결책을 고민하며 다시 도전해 보는 과정을 겪으면서 저는 진정 강한 사람이 되려면 무엇이 필요한지를 계속 생각해 보았습니다.

누구나 말을 타기 전에는 긴장합니다. 처음에는 제가 유독 겁이 많아 저만 벌벌 떠는 줄 알았어요. 하지만 승마 경기를 구경하고, 사람들과 이런저런 이야기를 나누다 보니 자신이 완전히 컨트롤하지 못하는 살아 있는 말 등에 오르면 누구나 겁을 먹는다는 것을 알게 되었습니다.

저 역시 말을 탈 때마다 처음부터 끝까지 두렵고 또 두려웠지만, 부족한 것들을 발견해 가면 갈수록 그것을 채워나가고 싶다는 강한 열망에 휩싸였습니다.

그렇게 말을 타다 보니 달려가는 말 등에 올라 중심을 잡고, 빠름과 느림, 강약을 컨트롤하는 과정이 어쩌면 우리의 인생살이와 비슷한 게 아닐까? 하는 생각도 하게 되었습니다.

이 책은 승마를 통해 시행착오를 겪으며 부족한 자신을 발견하고 나름의 방식으로 채워 나가는 이야기를 담고 있습니다. 좋은 사람들과 우정을 쌓고, 강함과 섬세함 그 어디쯤 균형을 찾아가는 말 타는 이야기를 통해 많은 분이 재미와 함께 용기도 얻으셨으면 좋겠습니다.

저는 이제 승마에 대한 얕은 지식과 소소한 이야기들을 조심스럽게 꺼내보려 합니다.

이렇게 여러분을 만나 뵙게 되어 무척이나 반갑습니다.

승마와 당신을 맞이하며

 김용희

차례

말을 타보라는 그런 흔한 말

나에게는 친하게 지내는 지인이 있다. 이름은 고성희. 이분은 제주 토박이로 책과 여행을 좋아하는 데, 워낙 박학다식해서 가끔 만나 이야기를 할 때면 시야가 넓어지는 느낌이 든다. 어느 날 성희 님과 만나 이런저런 이야기를 나누고 있는데, 성희 님이 불쑥 내게 이런 말을 했다.

"용희 님, 승마 한번 해 보세요."

"승마요? 갑자기 웬 승마요?"

"승마는 왠지 용희 님이랑 잘 어울릴 것 같아요."

나는 평소 생각지도 못한 '승마'라는 단어에 살짝 당황했다.

"제, 제가요? 어, 어디 가요?"

"용희 님 원래 운동 좋아하시지 않아요?"

"네. 좋아하죠."

"제가 생각할 땐 아마 용희 님이라면… 말도 금방
타실 수 있을 거예요."

나는 이때만 해도 승마가 어떤 운동인지 몰랐기 때문에
성희 님을 믿고 말을 금방 잘 탈 수 있을 거란 헛된 기대를
품었다. 하지만 승마는 내가 경험해 본 다른 운동과는 확
연히 달랐고, 승마 아카데미에 방문하자마자 나는 뭔가
잘못되어도 한참 잘못되었다는 걸 깨달았다.

"성희 님은 승마해 보셨어요?"

나는 특이한 운동을 권하는 성희 님이 실제로 승마를
배웠는지, 배웠다면 어디서 어떻게 배웠는지가 궁금했다.

"네. 저는 지난 학기에 한 번 해봤어요."

"어디서요? 승마는 비용이 많이 들지 않나요?"

"전 제주대학교 평생교육원에서 배웠는데, 크게
　비용 부담도 없고 한 번 경험해 보기 좋더라고요."

　외지라면 승마가 비쌀 수도 있겠지만, 제주도니까 아마
쉽게 접할 수 있을 것도 같고…. 또 대학교 평생교육원에
서 하는 프로그램이라면 다른 곳보다 좀 더 저렴할 수도
있을 것 같았다.

"하지만, 전 승마는 한 번도 생각해 본 적이
　없는데요…."

　나는 과연 내가 승마를 할 수 있을지 별다른 확신 없이
말했다. 반면 성희 님은 내가 꼭 승마를 해야 한다는 확신
을 가진 듯 말했다.

"승마가 진짜 좋은 운동이에요. 코어 근육을
　사용하기 때문에 자세기 비르게 되고 잔근육이
　많이 생겨서 몸매도 예뻐지고요."

"어머, 진짜예요?"

나는 몸매가 좋아진다는 말에 귀가 번쩍 뜨였다. 내가 관심을 보이자, 성희 님은 승마의 장점을 좀 더 자세히 설명해 주었다.

"그리고 제가 어디서 들었는데 말이 워낙 인간과
교감을 잘해서 ADHD와 같이 정서적 어려움을
겪는 아이들을 치료하는 데 도움이 된다고
하더라고요. ADHD를 앓고 있는 사람들은 타인과
교감이 좀 어려울 수 있잖아요? 그런데 말이 교감을
잘해서 치료 목적으로 승마를 활용한대요."

"말이랑 교감을 한다고요? 푸들이 교감을 잘한다는
말을 들었었는데 옆집 푸들 보니까 푸들도 푸들
나름이더라고요. 근데 말은 좀 다를까요?"

"뭐, 치료에 이용될 정도라고 하니 말의 교감 능력은
남다르겠죠? 말 탔을 때 제가 왼쪽을 보면 말이

왼쪽으로 가던데요. 오른쪽으로 가고 싶으면
오른쪽을 보면 되고요. 그런 건 좀 신기했어요."

"확실히 그건 좀 신기하네요."

나는 성희 님과 대화하다가 말의 교감 능력은 과연 어떤지 직접 체험해 보고 싶어졌다.

'이참에 승마를 한 번 경험해 보는 것도 좋겠지, 뭐.'

나는 혼자 가긴 어렵지만 성희 님이랑 함께 간다면 승마 수업을 등록할 용기를 내볼 수도 있다고 생각했다.

"그럼, 성희 님은 다음 학기에 신청하실 거예요?"

"네. 저는 신청할 거예요. 용희 님도 하실래요?"

"네. 저도 한번 해볼게요. 성희 님 가실 때 저도
같이 가요."

나는 그렇게 성희 님과 다음 학기 제주대학교 승마 아카데미에 등록하기로 찰떡같이 약속하고 헤어졌다.

하지만 2월 수강 신청 기간이 되어도 성희 님에게선 별다른 연락이 없었다. 이러다 수강 신청을 놓칠 것만 같아 급하게 성희 님께 연락해 보았다.

"성희 님, 지난번에 승마 아카데미에 가기로
했었잖아요? 혹시 등록하셨어요?"

"아이고, 용희 님. 제가 갑자기 허리를 다쳐서
아무래도 이번에는 같이 못 갈 것 같아요.
죄송하지만 용희 님 혼자 한번 가보시겠어요?"

"네? 저 혼자요?"

그렇게 나는 믿었던 성희 님 없이 승마 아카데미에 등록하게 되었다. 나중에 알고 보니 승마 아카데미는 도민들에게 인기가 많아 수강 신청이 금방 마감된다고 한다.

하지만 운 좋게도 나는 마지막 한자리 남아 있는 수요일 입문반 수강 신청에 성공했다.

나는 기왕 이렇게 등록하게 된 김에 최대한 긍정적으로 생각하기로 했다.

'뭐, 이것도 운명이라면 운명인가 보지. 말 탈 운명!'

그렇게 나는 우연히 승마의 세계로 들어가게 되었다.

내겐 너무 높고 너무 큰 당신, 그대 이름은 말

이번 학기 승마 수업을 등록한 우리 반 인원은 총 6명이다. 가장 젊은 친구는 유치원 선생님을 한다는 유진 씨. 유진 씨는 남편 도진 씨와 함께 왔는데, 두 사람은 서로 아껴주며 사이가 좋았고, 나중에 함께 카페를 창업할까도 생각한다고 했다. 아직 둘 사이에 아이는 없다고 했고, 유진 씨는 도진 씨와 도내 여기저기를 여행하고, 명상과 같은 신기한 것들을 배우러 다닌다고 했다.

가장 왕언니는 웃으면서 할 말 다 하는 이 구역의 사고뭉치 송미자 언니로, 미자 언니도 남편 김 반장님과 함께 왔다. 김 반장님은 마르고 제대로 까칠하면서 무심한 척 챙겨주는 성격의 소유자로 해맑은 미자 언니를 늘 구박하는 것처럼 보였지만, 사실 알고 보면 미자 언니가 웃으면서 사고 칠까 봐 늘 노심초사했다. 김 반장님이 나에게만 살짝 얘기해 준 것이지만, 사실은 김 반장님이 미자 언니 성격을 다 참고 사는 거라고 했다. 티격태격하는 것처럼 보이지만 둘은 친해서 함께 자전거도 다고, 스노클링도 하고, 밥도 늘 같이 먹는다고 했다. 두 분을 보고 있으면 나이와 성격을 초월한 찐 사랑을 보는 것 같았다.

다음 멤버는 한때 잘 나가던 혜수 언니로 언니는 이 세상에서 노는 거란 노는 것은 다 해 봤다고 한다. 언니는 특히 운동에 자신 있는데, 골프도 잘 치고, 헬스도 잘하고, 승마도 다른 센터에서 이미 해봤다고 했다. 혜수 언니는 이제 노는 것은 질려서 인생에서 의미 있는 것들을 찾아보고 싶다고 했으며, 첫 수업부터 승마바지에 승마 부츠를 신고 나타나 풍기는 포스가 이미 범상치 않다는 것을 보여줬다.

그리고 마지막 멤버는 이 구역 가장 겁 많은 나. 나는 자신이 이렇게까지 겁 많은 줄 꿈에도 몰랐었는데, 승마를 하고부터 소심하고 겁 많은 새로운 모습을 발견해 가기 시작했다.

나는 첫 수업부터 제대로 겁을 먹었다. 평소에는 저 멀리 들판에서 말이 풀 뜯는 모습만 보다가, 마구간에서 직접 '까꿍'하는 모습을 보니, 정말 기절초풍할 지경이었다. 말은 생각보다 너무 높고 너무 컸다.

"아, 아무래도 저 여기 잘 못 온 것 같아요. 저 말을
탄다는 건가요? 아, 나 진짜 잘 못 온 것 같은데⋯.
말이 너무 큰데요. 여기 작은 말은 없나요?"

　오늘 초면이었지만 마치 오래된 사이처럼 옆에 있는 유
진 씨에게 말을 걸었다. 큰 말이 너무 무서워서 그냥 아무
말이나 나왔다. 유치원 선생님인 착한 유진 씨는 그래도
내 말에 일일이 반응해 주었다.

　　"저도 무서워요."

　첫날은 우리 수업의 강사이신 〈덜커덩 선생님〉이 대회
에 나가셔서 얼굴을 보진 못했다. 다음번부터 이어진 수
업에서 나는 까칠하고 강인한 선생님의 수업 방식 덕분
에, 심장이 쉽게 내려앉아 선생님을 〈덜커덩 선생님〉이라
고 부르기 시작했다.

　　　까칠한 〈덜커덩 선생님〉

그때부터 '덜커덩'은 선생님의 별명이 되었다. 어쨌든 우리의 첫 수업은 대회에 나간 〈덜커덩 선생님〉 대신 옆 반을 지도하는 〈오늘의 선생님〉이 오리엔테이션을 해 주시기로 했다.

우리는 첫날 마구간을 돌아보고, 필요 장비가 무엇인지 살펴보고, 앞으로 어떤 것들을 배울지 듣는 시간을 가졌다.

다른 센터에서는 수업 전에 말을 다 준비해 주고, 수강생은 계속 말만 타면 된다던데, 우리는 말 입에 마방굴레*를 채우고, 말을 마구간에서 끌고 나와 고삐를 채운 뒤 안장을 얹히고, 말을 마장으로 끌고 들어가는 것까지 해야 한다고 했다.

처음부터 천천히 승마에 관한 모든 걸 다 배우는 건 재밌고 좋은데 문제는 내가 말에 대해 너무 겁을 먹었다는 것이다.

---

* 마방굴레: 마방에서 말을 데리고 나올 때 쓰는 물건으로 말을 부리기 위하여 머리와 목에서 고삐에 걸쳐 얽어매는 줄.

'그게 지금 가능해?

나는 말에 손도 못 댈 것 같은 데⋯.'

나는 그냥 정말 잘 못 왔다는 생각 밖에, 아무 생각도
들지 않았다.

"오늘 수업은 여기까지고요. 혹시 궁금한 것
있으신 분은 물어보세요."

"옷은 어떤 걸 준비해서 오면 되나요?"

역시 패셔니스타답게 혜수 언니가 물었다.

"옷은 면바지 같은 걸 입으면 말 털이 많이 붙으니까
청바지를 입고 오시고요. 다리나 발목 같은 데가
쓸릴 수 있으니 양말은 긴 것을 신고 오시면 되고요.
장갑은 자주 잃어버리니까 저렴한 공구용 장갑을
사 오시면 돼요. 헬멧은 여기 센터에 비치되어
있는데, 저희가 자주 소독해도 냄새가 날 수 있으니

자전거 헬멧 있으신 분들은 챙겨 오세요. 없으면
손수건 같은 걸로 머리를 감싸고 헬멧을 쓰면
좀 괜찮을 거예요."

사람들은 저마다 궁금한 점을 물어보았고 나도 마지막
으로 손을 들었다.

"저 혹시 오늘 처음 왔는데요. 사람마다 다르겠지만
말을 잘 타기까지 얼마나 걸려요?"

나는 말에 대한 공포가 다음 시간에는 없어지길 바라
며 떨리는 마음으로 질문했다.

"음… 말에게 맘이 열릴 때까지요? 마음이 열리면
누구나 잘 탈 수 있어요. 우리 센터에서 가장 나이
많으신 분이 69세인데 말도 잘 타시고 인생을 정말
신나게 사시죠. 마음이 열리면 여러분도 나이
불문하고 곧 잘 타실 수 있을 거예요."

'아… 나의 맘은 언제 열리려나? 아무래도 난 오래
걸릴 것 같은데….'

첫 수업부터 불길한 예감이 들었다.

"그리고 여러분! 승마는 낙마 사고가 일어날 수
있으니까, 보험 가입하고 오셔야 해요. 승마 보험은
스포츠 안전재단과 축협에서 가입하실 수 있고요.
나눠 드린 오리엔테이션 자료를 보시면 자세한 안내
사항과 전화번호가 나와 있어요. 머리를 다칠 수
있으니, 헬멧은 꼭 쓰셔야 하고요."

선생님께서는 수업을 끝내시려다가 갑자기 무언가 생
각나신 듯 말했다.

"아, 맞다. 말들은 각설탕이나 무, 당근을 좋아해요.
데리고 나가기 전에 뇌물을 주면, 말을 좀 너 살
들으니 다음 시간에 주고 싶으신 분들 있으면
깍둑썰기로 썰어서 오시면 됩니다. 그럼, 오늘은

이만 수업을 마칠게요."

수업이 끝나고 나서도 나는 말이 계속 너무 커 보였고 너무 높아 보였고, 이 큰 말을 사람들은 대체 어떻게 타는 가 싶었다.

"아, 아무래도 나 진짜 잘못 온 것 같은데…."

안절부절못하는 내게 착한 유진 씨가 말했다.

"아마, 잘못 온 건 아닐 거예요."

몽골 초원을 말 타고 달린다고요?

두 번째 수업에 가기 전, 아무래도 난 살기 위해 승마 보험에 꼭 가입해야겠다고 생각했다. 센터에서 받은 자료에 나와 있는 번호로 전화했더니 근처에 있는 축협으로 가면 쉽게 승마 보험에 가입할 수 있다고 했다.

축협에 도착한 나는 지난 시간에 받은 오리엔테이션 자료를 창구 직원분께 보여드리며, 여차저차해서 승마 보험에 가입하러 왔다고 말했다. 직원분은 서류를 찬찬히 살펴보신 뒤 내게 물었다.

"전에는 센터에서 단체로 보험을 들어줬었는데
　개인적으로 들고 오라고 하시던가요?"

"네, 이 자료가 센터에서 받은 거예요."

"저도 승마 보험은 오랜만에 취급하는 거라서요.
　조금만 기다려 주세요."

창구 직원분은 다른 지점에 문의해서 나에게 적당한

상품을 추천해 주었다. 그리고 오랜만에 옛 생각이 나서
즐거우셨는지 곧 상기된 표정으로 말씀하셨다.

　　"아, 고객님. 저도 말을 탔었는데, 오래전 20대
　　　때였지만요."

　　"말을 타셨다고요? 말 타는 거 무섭지 않으셨어요?"

　　나는 일상생활에서 승마 경험이 있는 분을 만난 게 신
기해서 적극적으로 질문했다.

　　"물론 무섭죠. 그래도 재밌었어요."

　　"말이 너무 크지 않아요?
　　　혹시 말에서도 막 떨어지고 그러나요?"

　　"그럼요. 낙마는 일상이죠."

　　창구 직원분은 낙마는 특별한 이슈가 아니란 듯 담담

하게 말씀하지만 난 대화를 나눌수록 말에서 떨어지는 것에 대한 걱정이 앞섰다. 그래서 더욱 창구 직원분의 이야기에 귀를 기울이게 되었다.

　　"좋으시겠다. 전에 말 한창 탈 때는 외승을 많이
　　나갔어요."

　　"외승이 뭐예요?"

　　"승마장 밖 야외에서 말 타는 걸 말해요. 바다에서
　　성산일출봉 쪽으로 말 타고 달리면 정말 시원하죠.
　　산으로 달릴 수도 있고요. 한창 말 탈 땐 몽골에도
　　갔었어요. 푸른 초원을 빠르게 달렸죠.
　　정말 좋은 시절이었는데…."

　　창구 직원분은 잠시 추억에 젖으시는 듯하다가 갑자기 뭔가 생각난 듯 말씀하셨다.

　　"생각해 보니 몽골에서도 낙마했었네요.

역시 말 탈 때 낙마는 일상이에요."

"몽골 초원을 말 타고, 달린다고요?"

나는 낙마보다도 몽골초원이 더 귀에 꽂혔다.

"그럼요. 골프에도 원정 골프가 있듯, 승마에도
원정 승마가 있는 법. 몽골로 함께 떠나는 거예요."

"신기하네요. 전 그런 생각은 전혀 못 해 봤는데요."

나는 잠시 내가 말을 타고 몽골 초원을 달리는 모습을
상상했다.

"어디 보자, 지금은 제주대학교 승마 아카데미에서
배우시네요? 나중에 잘 타게 돼서 동호회에
가입하고 싶으시면 말씀하세요. 제가 동호회
연결해 드릴게요. 말 보험도 취급하고 있어서
마주 분들을 많이 알거든요."

승마 보험에 가입하고 나오면서 나는 온통 머릿속에 '몽골'이란 단어만 맴도는 것 같았다.

　　'몽골에 가서 말 타고 초원을 달린다니…. 정말
　　근사하잖아? 마음이 열리면 나도 몽골 초원을
　　시원하게 달릴 수 있으려나?'

지금은 무서워서 아무것도 못 하겠지만, 말을 타고 초원을 달리는 상상을 하니 어쩐지 기분이 좋아졌다.

〈오늘의 선생님〉 말씀대로 언젠가 나도 마음이 열리면, 몽골에 갈 수 있을지도 모르겠다. 전에 책에서 몽골 소년과 말이 나눈 우정 이야기를 읽은 적이 있는데, 어쩌면 나도 그런 좋은 말을 만나 우정을 나눌 수 있을지도….

이날 난 앞으로 일어날 일에 대해서는 까맣게 모르고, 잔뜩 기대에 부푼 채로 축협을 나왔다.

말, 아찔한 당신과의 첫 접촉

축협을 나오며 나는 처음 나에게 승마를 추천했던 고성희 님께 전화를 걸었다. 허리는 다 나으셨는지 궁금하기도 했고, 전에 승마 수업을 들을 때 성희 님은 어떻게 커다란 말을 탔었는지 듣고 싶기도 해서였다.

"성희 님, 허리 다 나으셨어요?"

"아이고, 용희 님. 저 아직도 아파요."

아직도 아프다는 성희 님의 말에 나는 심심한 위로를 건넸다.

"저런, 빨리 나으셔야 할 텐데 오래가네요⋯.
다름이 아니라 센터에 갔는데, 말이 너무 무섭게
느껴져서요. 말이 원래 그렇게 큰가요?"

"아마 입문반은 센터에서 가장 삭은 말을
줄 텐데요."

"작은 말을 줘요? 센터에 작은 말도 있어요?"

나는 센터에서 작은 말을 본 기억이 없어서 의아해하며 물었다.

"네, 입문반은 작은 말을 배정해 줘요. 그러니 너무 걱정하지 말아요."

나는 작은 말을 준다는 성희 님의 말에 안심하며 두 번째 수업에 갔다. 이날 우리 반은 〈덜커덩 선생님〉과 처음으로 만났다. 선생님은 호리호리한 몸매에 눈매가 부드러우면서도, 눈빛이 날카롭고 말을 재밌게 하는 분이셨다.

선생님은 다년간의 승마 경력으로 말에게뿐만 아니라, 우리에게도 당근과 채찍을 적절히 활용하셨다. 선생님의 아찔한 밀고 당기기 기술 덕분에 우리 반은 승마 실력이 나날이 늘어만 갔다. 단, 예외적으로 나만 빼고…. 나는 말을 잘 타기엔 겁이 너무 많은 것 같았다.

처음에는 우리가 모두 초보이기 때문에 선생님은 우리를 많이 봐주셨다. 선생님의 까칠한 '덜커덩 스킬'은 우리가 스스로 말을 탈 수 있을 무렵인 수업 중반부터 나오기 시작했는데, 처음 3주는 수업 분위기가 좋아 나는 승마가 조금씩 좋아지고 있었고, 그러다 보니 처음과 달리 말에 대한 두려움도 조금씩 사라지는 것만 같았다.

선생님과의 첫 수업은 마구간 문을 열고, 건초를 먹고 있는 말 입에 마방굴레를 씌운 뒤 끌고 나오는 것이었다.

선생님은 먼저 시범을 보여준 뒤 2인 1조로 말을 끌고 나오게 하셨다. 우리 반은 부부가 2쌍 있기 때문에 부부끼리 짝이 되고 나는 자연스럽게 혜수 언니와 짝꿍이 되었다.

"용희 씨 없었으면 어쩔 뻔했어? 나 외로울 뻔했다"

털털한 성격의 혜수 언니는 웃으며 말했다.

"그러게요."

나는 언니와 대화를 주고받으면서 더 친해지고 싶긴 했지만, 눈앞에 서 있는 말의 크기 때문에 말문이 막혔다.

나에게 승마를 추천했던 성희 님 얘기와 다르게 우리 반에 배정받은 작은 말은 내가 생각한 포니 사이즈의 말이 아니었다. 낑낑대며 큰 말을 끌고 가는 우리에게 선생님은 소리치셨다.

"발 조심! 밟히면 발 부러질 수 있어요. 말 옆에 너무 붙지 말고, 말이 450kg이라는 걸 잊지 말아요."

혜수 언니와 나는 간신히 말을 마구간에서 나오게 한 뒤, 말 옆에 서서 빗질하는 법부터 배웠다.

"말을 빗기실 때는 쓸어내리듯이 뒤쪽으로 솔을 쓱쓱 이렇게 밀어주는 방식으로 하면 돼요."

선생님의 시연에 따라 나도 용기를 내어 말 옆에 섰다. 일단 무서워서 가까이 다가가기 힘들었지만, 말 뒤쪽만 안 가면 뒷발로 차일 염려는 없다는 선생님 말씀에 말 몸의 정확히 중간쯤으로 가서 섰다.

빗질을 시작하자 지푸라기가 말 등을 따라 확 쓸려 내려가는 감촉이 시원한 듯 생생하고 좋았다. 나는 신기해서 계속 빗질했고 선생님은 말씀하셨다.

"잘하시네요."

말과의 첫 접촉은 그리 나쁘지 않았다. 아무리 두려운 것이라도 살짝씩 접촉해 보면 천천히 익숙해지는 걸까?

수업이 끝나자, 혜수 언니가 집에서 깍둑썰기한 무를 꺼냈다. 언니가 가져온 무는 치킨 무를 닮았지만, 간을 하시 않은 생무라서 맛은 밍밍하다고 했다.

'이걸 말이 먹는다고? 너무 작은데?'

내가 잠시 무를 보며 생각에 잠겨 있을 때, 궁금한 게 많은 미자 언니가 대표로 선생님께 여쭤보았다.

"선생님, 이거 어떻게 주면 돼요?"

"이렇게 손바닥을 쫙 펴고 무를 놓고 말 입 쪽으로
가져가시면 돼요."

나는 선생님 말씀대로 손을 펴고 작은 무를 손바닥 한 가운데에 놓고 말 입에 가져갔다. 무는 너무 작고 말 입은 너무 크고…. 갑자기 꽤 상식적인 질문이 머리를 스쳤다.

'얘 초식동물이잖아. 근데 설마 말도 사람을 무나?'

말의 큰 입 때문에 내 손이 곧 먹힐 것 같았다. 나는 한 번 더 용기를 내서 손바닥에 있는 무를 말 앞으로 내밀었 지만, 무를 향한 말의 반응이 예상보다 뜨거워서 나도 모 르게 두 눈이 질끈 감겼다.

“용희 씨. 여기 봐요. 사진 찍어 줄게요.”

　사람들이 저마다 말먹이 주는 것을 즐기는 사이 혜수
언니는 사람들의 사진을 찍었다. 이럴 땐 말에게 손을 내
밀고 자연스레 웃으며 사진을 찍어야 하는데, 앞에 있는
말은 무에 너무 진심이었고, 사진이 찍히려는 찰나 입을
크게 벌리는 말에 너무 놀란 나는 손에 든 작은 무를 먹이
통으로 던져버렸다.

　“아… 이게 아닌데….”

　나는 혜수 언니를 보며 멋쩍게 웃었다.

　‘왠지 멋져 보이려다가 말에게 손을 씹히는 것보다
　　낫잖아. 뭐.’

　나는 씁쓸하게 웃으며 겁 많은 자신을 위로했다.

사랑하는 그대, 이름은 말

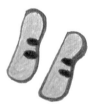

우리 센터에는 입문반에 배정되는 3마리 말이 있다. 말의 이름은 '처서', '소만이', '동지'이다. 센터에서는 말 이름을 짓기 위해 고심하는 수고를 덜기 위해, 우리의 24절기를 차용해서 이름을 지었다고 했다. 말의 품종은 '한라마'. 성희 님이 전화로 내게 말했던 작은 말을 일컫는 데, 흔히 승마계의 포니라 불린다. 여기서 중요한 건 진짜 포니가 아니고, 승마계의 포니라는 점이다.

　제주마는 옛날부터 농사에 사용되던 제주 재래종 조랑말을 말하며, 한라마는 이 제주마와 경주마인 서러브레드를 교잡한 종을 일컫는다. 그래서 한라마는 제주마에 비해 크기가 크고, 경주마에 비해 크기가 작다. 흔히 한라마는 우리나라 사람 체형에 적당한 크기라고 말하는데 내가 생각하는 그 적당한 크기와 승마계에서 생각하는 그 적당한 크기가 너무 차이 난다는 점이 이번 승마 수업의 가장 큰 문제점이다.

　내가 제일 어려워하는 건 말 얼굴을 붙잡고 입에 고삐를 채우는 일이다. 고삐를 채우기 위해서는 말을 오른팔로 감싸고 입을 벌리게 해야 하는데, 이때 말의 교감 능력이 빛을 발한다. 말은 초보자를 귀신같이 알고 절대로 입을 벌리지 않기 때문이다. 초보자가 말을 끌어안고 벌벌 떨고 있으면 바로 밑에 돋아난 잡초를 뜯어 먹어 버리거나, 갑자기 목마른 듯 어딘가의 관을 타고 흐르는 물을 마시기 일쑤이다. 그러다 〈덜커덩 선생님〉이 오시면 바로 차렷 자세로 다소곳이 입을 벌린다. 이때가 바로 말의 교감 능력 덕분에 초보자가 제대로 뒷목 잡는 순간이다.

우리가 타는 '처서', '소만이', '동지'는 각각의 캐릭터가 확실하다. '처서'는 자신이 말이라는 운명을 다 받아들인 아이로, 일단 나이가 10살이 넘고 온순하고 협조적이다. 말을 탈 때도 기승자가 특별한 잘 못을 안 하면 별다른 문제 없이 계속 잘 달려준다. 사람에게 비하자면 자신의 운명을 다 받아들인 세상을 다 산 사람 같다. 마구간에서 말에게 마방굴레를 채우려면, 말 얼굴을 넣기 위해, 밀고, 당기고, 해야 하는데, '처서'는 옆에 가서 마방굴레를 벌리면 자기가 스스로 얼굴을 들이민다. 그거참 아무리 생각해도 '처서'는 명마이다.

반면 '소만이'는 이 구역의 악동으로 기분 나쁘면 일단 다 물어 버리고, 수틀리면 머리를 마구 흔든다. 사람으로 표현하면 삐뚤어진 사춘기 청소년. 걸음도 경중경중해서 초보자가 상체를 잘 고정할 수 없기 때문에 '소만이'를 타면 마치 로데오를 하는 것 같다.

마지막으로 '동지'는 이 둘의 중간쯤 되는 난이도를 가진 말로, 딱 5~6살 남자아이 같은 느낌이다. 사람을 물지는 않으니까, 재갈을 물리는 것까진 비교적 수월한데, 수틀리면 그대로 서버리고, 재갈 물기 싫으면 딴청 피우고, 기승자가 우습게 보이는 날엔 그냥 꼼짝하지 않고 가만히 있다. 그러다 뒤에서 〈덜커덩 선생님〉이 커피를 들고 유유히 걸어오는 모습만 보여도 자세를 가다듬고 바로 출발한다.

혜수 언니와 나는 어쩌다 보니 난이도 중급인 '동지'를 주로 타게 되었고, 다른 2쌍의 부부팀이 '처서'와 '소만이'를 번갈아 가며 탔다.

"애들도 알아요. 다가오는 사람이 초보인지 아닌지.

우리 같은 코치들이 가면 바로 말을 잘 듣죠.

입을 안 벌릴 때는 여기 입 뒤쪽에 손을 넣고

이렇게 꾹 눌러주면 벌려요."

〈덜커덩 선생님〉은 능숙하게 시연을 보여주셨지만, 나는 아직 커다란 말 입에 손을 넣는다는 건 상상도 못 하겠다. 입문반은 말과 친숙해지는 데 일정 기간을 할애하는데 우리 반은 3주간 말을 타지 않고 기승 준비하는 것을 배웠다. 나 같이 겁 많은 사람에게는 기승 준비하는 3주가 꿈 같은 시간이었고, 4주 차부터는 본격적으로 지옥의 문이 열린 듯했다.

처음 말을 타 본 날, 나는 정신이 하나도 없었다. 내가 뭘 하는지 모른 채 눈앞에는 말 갈퀴만 휙휙 날아다녔다. 어디로 중심을 잡아야 할지, 시선은 어디에 두어야 할지 도무지 감도 오지 않았다. 선생님의 지시에 따라 처음에는 안장에 달린 손잡이를 잡고 살짝씩 버티면서 탔다.

시간이 지나 나는 손잡이를 잡지 않고도 조금씩 말을 탈 수 있게 됐다. 하지만 시선 처리가 너무 어려웠다. 원래 말을 탈 때는 내가 가고자 하는 방향의 위쪽으로 시선을 줘야 한다는데, 처음에는 어쩔 줄 몰라 어영부영 버렸고, 그러다 보니 중심을 잡지 못해 시선은 항상 말갈기를 보거나 땅을 보게 되었다. 그러다 보면 말은 내 시선을 따라 계속 목을 바닥으로 떨궜다. 그때 내가 말에게 달리라는 신호를 주면, 화가 난 말이 고개를 위쪽으로 획획 쳐버리거나 그냥 그대로 제 자리에 서 버리기 일쑤였다.

〈덜커덩 선생님〉은 특히 한 사람이 말을 제대로 못 타서 전체 수업에 지장을 주게 되는 상황을 너무 싫어하셨다. 등에 탄 사람이 맘에 안 들 때마다 '동지'가 워낙 잘 서다 보니 선생님의 주요 타깃은 그 위에 있는 나였다. '동지'도 혜수 언니의 연예인 포스에 눌렸는지, 혜수 언니가 타면 잘 가고, 내가 타면 잘 섰다.

"가야 해. 가야 해. 가야 해. 앞말이 서면 뒷사람도
서야 하잖아요. 앞에서 가 줘야 해요."

그래도 내가 말을 못 달리게 하면〈덜커덩 선생님〉은 또
소리치셨다.

> "말은 기억력이 3초예요. 얘가 한 번 서면 계속 서
> 있으려 하고, 한 번 달리면 계속 달리려고 하니까
> 앞에서 컨트롤을 확실히 해야 해요."

하지만 진짜 문제는 내가 말 컨트롤은 고사하고 내 몸
컨트롤도 못 한다는 데 있었다. 나는 처음부터 몸의 무게
중심을 어디에 둬야 하는지 감을 제대로 잡지 못했다. 발
을 등자에 올린 채 말 등 위에 앉아 있을 때는 움직이는
허공에 몸이 떠 있는 느낌이 든다. 그러면 고삐를 손잡이
로 의지하고 싶어지지만, 고삐를 손잡이처럼 당겨서 몸을
의지하면 말이 멈추라는 신호로 생각하고 그 자리에 그
냥 서 버리기 때문에 사실상 고삐는 손잡이로 쓸 수 없다.

> '승마는 대체 어떻게 하는 거야? 어디를 의지해서
> 어떻게 타야 하는 거야? 말 등엔 손잡이가 없는데?'

이런저런 생각에 정신이 혼미해질 때쯤 선생님은 계속 말씀하신다.

"주먹을 앞으로."

'저, 저기요, 선생님. 그러면 제 주먹과 몸이 다
움직이는 허공에 있는데요… 만약 떨어지면
어디를 잡아요?'

그렇게라도 큰 소리로 묻고 싶지만 막상 말 등에 있으면
중심을 잡기 위해 다른 것은 생각할 겨를도 없이 말문이
턱턱 막혀왔다. 그러다 갈피를 못 잡고 멍때리고 있으면
아래쪽에서 〈덜커덩 선생님〉이 계속 소리치셨다.

"뭐 하는 거예요? 거기서 달려야지.
그냥 서 있으면 안 돼요."

그래도 잘되지 않으면 선생님은 더 크게 소리치셨다.

"블랙아웃 되면 안 돼. 내 소리 들려요?

정신 차려요."

아…. 눈앞이 정말 캄캄해진다.

'어쩌다 내가 여기까지 와서 말 등에 앉게

되었을까?'

오늘따라 문득 해맑은 고성희 님의 얼굴이 떠올랐다.

치열한 승마대회

어느 날 수업이 끝나고 선생님께서 말씀하셨다.

　　"이번 주 토요일과 일요일, 센터에서 승마대회가
　　　있는데 구경 오실 분들은 오세요."

　　"승마대회라고요? 몇 시에 오면 돼요?"

나는 호기심이 생겨 선생님께 질문했다.

　　"아침부터 계속 대회가 있으니까 아무 때나 오세요."

　　'뭐야? 승마 대회라니 정말 신기하잖아?'

　나는 두근거리는 마음으로 승마장으로 향했다. 놀랍게
도 우리 반 〈덜커덩 선생님〉도 선수로 출전한다고 했다.
나는 선생님은 코치만 하시는 줄 알았고, 직접 선수로 뛰
시는 줄은 몰랐었는데…. 왠지 대회에 대한 호기심이 더
커지는 것 같았다. 이번에 열리는 '전도 장애물 승마대회'
는 제주시 승마협회가 주최하고, 체육회가 후원하는 대

회였다. 경기의 참가자는 초등학교 어린이부터 일반인까지 다양했고, 나는 평생 처음 보는 승마대회가 마냥 신기하기만 했다.

경기를 보다 보니 선수들이 어리다고 못 타지도 어른이라고 잘 타지도 않는다는 걸 알게 되었다. 그야말로 모든 선수가 계급장 떼고 실력과 실력으로 붙었다.

나중에 승자를 어떻게 뽑는지 궁금해서 〈덜커덩 선생님〉께 물었더니, 원래 우승자는 초, 중, 고 다 따로 가리는데 참가자가 많지 않으면 초등부와 중등부, 고등부와 일반부를 묶어서 시상하기도 한다고 하셨다.

승마대회에서는 선수만 잘한다고 되는 것이 아닌 것 같았다. 그날의 모든 조건이 다 잘 맞아야 우승할 수 있었는데, 먼저 실력은 당연히 좋아야 하고, 말 컨디션도 좋아야 하고, 경기장도 잘 맞아야 하고, 운도 따라야 했다. 한마디로 승마는 변수가 너무 많았다.

경기장은 야외여서인지 봄이 한창인데도 굉장히 넓고 추웠다. 나는 모든 경기를 다 보고 싶었지만, 너무 추워서 선생님이 출전하시는 토요일 '80cm 장애물' 경기와 일요일 '90cm 장애물' 경기만 관람하기로 했다.

"아휴, 저 너무 떨려요."

토요일 경기장에서 만난〈덜커덩 선생님〉이 내게 말했다. 나는 평소 마장에서 강한 카리스마를 뿜어내는 우리반 〈덜커덩 선생님〉이 절대 긴장할 리가 없다는 생각에 밝게 대답했다.

"에이, 거짓말. 잘하실 거면서."

나는 승마대회가 처음이라 사태의 심각성을 모르고 아무 말이나 했다. 사실 그때의 나는 나만 말을 무서워하는 줄 알았고 말에 익숙한 선수들은 말이 하나도 무섭지 않은 줄 알았었는데, 그 뒤 긴박하게 진행되는 경기 양상을 보면서 처음 선생님께 한 말을 두고두고 후회하게 되었다.

'좀 더 기운 나는 멋진 말을 해 드렸으면

　좋았을 텐데….'

　토요일 〈덜커덩 선생님〉의 경기는 잘 안 풀렸다. 선생님은 좋은 기록을 내지 못했고, 이날 많은 선수가 말에서 떨어졌다. 경기에 출전한 말은 아무 방향으로나 날뛰었다. 언젠가 뉴스에 나왔던, 올림픽 경기에서 울어버린 선수의 마음이 이해되기 시작했다. 때론 말이 정말 잘 뛴 것처럼 보였는데, 계속 장애물에 걸리기도 했다.

　'선수들도 무서운데, 모든 걸 참고 여기서 경기를

　뛰고 있는 거였네…?'

　나는 경기장에 나온 선수들의 용기가 감탄스러웠다.

　다음 날인 일요일에 펼쳐진 경기는 더 치열했다. 특히 '소년체전 선발전 장애물 2 Round'는 상상을 초월했다. 나는 원래 이 경기를 보려던 게 아니고, 다음 경기인 '90cm 장애물' 경기에 〈덜커덩 선생님〉이 출전하시는 걸 기다리다가 '소년체전 선발전 장애물 2 Round' 경기가 너무 치열해서 길어지는 바람에 우연히 관람하게 된 것이었다.

나는 이 경기를 보고 승마가 어떤 스포츠인지 확실히 알게 되었다. 승마는 처음에 빨리 치고 나가 장애물을 잘 넘는다고 해서 마지막에 꼭 좋은 성적을 거두는 것이 아니었다. 서둘다 넘어지면 낙마해서 바닥에 구르고, 천천히 차분하게 하면 기록이 잘 안 나왔다. 승마는 생각보다 굉장히 까다로운 스포츠였다.

한 번은 1위를 기록하던 선수가 마음이 너무 급한 나머지 장애물을 빠르게 넘어가려는 데, 말 발목에 장애물이 걸려 말과 선수가 그대로 바닥으로 꼬꾸라지는 사고가 발생했다. 선수는 말보다 아래쪽으로 깔렸는데, 순간적으로 빠르게 벌떡 일어나서 말을 먼저 진정시켰다. 관중들은 탄성을 질렀고, 나는 지금 내 눈앞에 무슨 광경이 펼쳐지는 건지 보고도 좀처럼 믿기지 않았다. 전반적으로 구경하던 사람들은 넘어진 선수를 보고도 흔히 있는 일이라는 듯 크게 동요하지 않았지만, 입문반인 나에게는 참 놀라운 일이었다. 역시 승마에서 낙마는 일상적인 일이었나 보다.

'뭐야, 승마가 원래 이렇게 위험한 거였어?
원래 귀족 스포츠 아니야?'

머릿속에 이런저런 생각이 스쳤다. 나는 마음을 졸이며 넘어진 선수를 지켜보았다. 뒤에서 웅성거리는 소리가 들렸다. 다행히 그 선수는 다치지 않았지만, 우승은 아쉽게도 다른 선수에게 넘어갔다. 뒤쪽에서 누군가 말했다.

"나도 여기서 한 번 저런 적 있잖아. 그 뒤로
이 경기장에 올 때마다 넘어진 생각이 났어….
겁먹어서 그런지 그때부터 잘 안되더라고."

나는 이 승마 대회를 직접 눈으로 보기 전까지 승마경기가 어떤 것이고, 어떻게 진행되는지 꿈에도 몰랐었다. 그저 승마는 고고한 사람들이 즐기는 귀족 스포츠라고만 생각했었는데…. 오늘 내가 본 승마는 그게 아니었다.

여기 모인 선수들은 두려워도 경기장에 섰으며, 자신과 말의 컨디션, 말 컨트롤의 속도와 정확성, 그 모든 걸 극복하는 사람이 결국 오늘의 승자가 되는 거였다.

'승마는 원래 이렇게 어떤 상황에서도 강할 수 있는 자가 살아남는 운동인 거야? 그거참 매력 있네.'

생각하고 있는 사이, '소년체전 선발전'의 1위가 발표되었다. 빨간 옷을 입은 선수가 1위라고 했다. 발표와 동시에 뒤에서 응원하던 어머니 한 분이 감격의 눈물을 흘렸다. 아마도 그분이 1위 선수의 어머니인 것 같았다.

결과 발표 후 1위 선수가 관중석으로 왔다. 여기저기서 선수에게 축하 인사가 쏟아졌다. 나는 이전 경기를 보진 못했지만, 선수는 많이 다친 것 같았다. 뒤에서 선수가 어머니께 하는 말이 들렸다. 아까 다른 경기에서 말에서 떨어졌고, 팔로 떨어지는 바람에 팔이 몹시 아프다고 했다.

'뭐야? 저 아이. 그럼, 팔에 부상을 입고도
2 Round에 출전해서 결국 1위 한 거야?'

나는 그 선수가 정말 대단하다고 생각했다. 정말 오늘
의 1위다웠다.

"병원에 가야겠네."

눈물을 흘리던, 선수의 어머니가 눈물을 닦으며 담담
하게 말했다.

"지금 제주대학교 병원에 가보려고요."

아이는 나이답지 않게 꽤 어른스럽게 답했다. 나는 오
늘 모자를 처음 봤지만, 왠지 모르게 눈물이 났다. 다음
번 출전하는 소년체전 경기에서 부디 그 선수가 잘 뛰어
주길 온 마음으로 빌어주었다.

그러는 사이, 〈털커덩 선생님〉이 출전하는 '90cm 장

애물 경기'가 열렸다가 빠르게 끝났다. 선생님은 오늘도 좋은 결과를 내지 못했다. 나는 선생님께서 우승했으면 하고 내심 바랐었는데, 왠지 모를 아쉬움이 남았다.

　　"선생님, 오늘 수고 많으셨어요."

　나는 선생님께 어떤 말을 전하면 좋을지 몰라 밝게 웃으며 말했다. 선생님의 표정은 너무 어두웠다. 머쓱해진 선생님은 내게 이런저런 이야기를 꺼냈다.

　　"좋은 말은 제자들이 타고, 저는 까다로운 말을
　　탔어요. 장애물이 좀 높기도 했지만 제가 탄 말은
　　3~4개월 전까지만 해도 들판에 있던 애예요."

　　'모든 선수가 다 자기 말로 경기에 출전하는 게
　　아닌가 보네?'

　TV에서 보던 승마 선수들은 모두 자기 말을 가지고 편안하게 운동할 거로 생각했었는데, 실제로 내가 본 승마는 그렇지 않아 좀 놀랐다. 오늘 경기를 참관하고 나니 경기에 참석한 선수 모두가 그냥 자신의 자리에서 덤덤히 최선을 다하고 있는 사람들로 보였다.

"선생님, 야생마 타고 경기 나오기 있기, 없기?"

나는 오늘 경기가 잘 풀리지 않은 〈덜커덩 선생님〉께 무슨 말을 해야 할지 몰라 고민하다가 선생님이 민망하지 않게 실없는 농담으로 대화를 마무리하고자 했다.

"선생님, 제가 선생님이 경기하시는 사진을
찍었는데요. 이따가 핸드폰으로 보내 드릴게요."

나는 분위기를 전환하기 위해 밝은 어조로 말했다.

"네, 고맙죠."

선생님이 웃으면서 대답하셨다.

나는 집에 와서 경기장에서 열심히 찍은 사진을 선생님께 보냈다. 이윽고 선생님의 답장이 왔다.

　　"지금 뭘 찍으신 거죠?"

　사진을 자세히 살펴보니 이상하게도 내가 찍은 사진은 선생님이 말을 타고 장애물 앞에 서 있는 것처럼 나왔다. 빠르게 진행되는 승마 경기인 만큼 내가 셔터를 말이 뛰는 것보다 조금씩 빨리 눌렀나 보다.

　　"아니, 말이 분명 달리고 있었는데 왜 서 있죠?"

　　'아, 경기를 망친 선생님께 멋진 사진이라도 찍어서
　　　추억이라도 남겨드리고 싶었는데⋯.'

　역시 승마는 여러모로 쉽지 않다.

말을 쉽게 탄다는 그런 흔한 거짓말

1

승마 수업은 점점 무르익어 이제 우리 반은 선생님이 처음에만 잡아주고 스스로 탈 정도로 성장했다.

센터에는 좁은 공간과 넓은 공간이 있는데 다른 센터와 비교했을 때 그 넓이가 어떤 수준인지는 잘 모르겠지만, 어쨌든 나는 넓은 공간에서 타는 게 더 편했다. 넓은 공간에서 탈 때는 그래도 마음의 안정감이 있어서 좋은 데, 좁은 공간에서 타면 다른 말과 부딪힐까 봐 노심초사하느라 마음이 점점 더 위축되었기 때문이었다.

"선생님, 우리는 왜 넓은 공간 놔두고
 좁은 공간에서 타는 거예요?"

나는 넓은 공간에서 타면 다 같이 편하게 탈 텐데, 왜 우리가 좁은 공간에 와서 서로 붙어가며 무섭게 타는 건지 이해가 되지 않았다.

"넓은 데서 타다가 말이 마구간으로

가버릴까 봐요."

"아, 예."

선생님의 말씀이 나는 조금 이해가 되는 것도 같았다. 내 표정을 살피던 선생님은 몇 말씀 더 덧붙이셨다.

"말들은 귀소 본능이 있어서 다 가버리거든요. 한 마리라도 마구간으로 돌아가면 오늘 수업 그냥 끝나요."

나는 그 뒤로 말 타는 공간에 대한 의문을 품지는 않았지만, 일단 겁을 먹었기 때문에 승마가 그리 잘 풀리진 않았다. 그래서 이번 학기는 '승마와 친해진다.' 혹은 '승마를 체험해 본다.' 정도로만 생각하고 크게 욕심내지 않기로 했다.

말이 무섭고 힘들다는 생각이 들 때마다 '그냥 마음 비우고 지금부터 몇십 년간 타보자.'라고 생각했다. '우리 센터의 가장 어르신이 69세라고 하시니까 나도 그때까지 타면 지금보다는 훨씬 낫겠지?' 하며 부침이 있을 때마다 조급하게 생각하지 않기로 했다. 천천히 느리게 배운다고 생각하면 왠지 마음의 위로가 좀 되는 듯해서, 난 수업 진도도 최대한 느리게 나갔으면 하고 바랐다.

　하지만 난 느리게 배우고 싶은데, 〈털커덩 선생님〉은 우리를 가만히 두지 않았다. 선생님의 꼼꼼한 지도 덕분에 다들 승마 실력이 조금씩 늘어간다는 게 이번 학기의 또 다른 문제라면 문제였다. 선생님께서는 우리에게 많은 걸 차근차근 알려주시려 열심히 하셨다.

　　"일단 지금 걸음마 하시는 정도인데 '제가 그러면
　　안 돼요. 이렇게 해야 해요.' 해도 와닿지 않는
　　단계라서요. 걸음마 못하는 아기에게 '등은 펴야지.
　　팔은 앞뒤로 흔들어야지.' 해 봤자 긴장만 되고
　　와닿지 않잖아요? 지금 단계에서는 스스로 좀
　　느껴보는 게 좋아요."

선생님은 말 타는 시범을 보여주면서 말씀하셨다.

　"다리를 이렇게 굽히셔야 몸이 앞으로 가고요.
　　주먹은 앞으로 하시고 일어설 때 팔을 아래로
　　내리고, 앉으실 때 팔을 약간 올려 보세요."

　"오."

사람들은 선생님의 말 타는 모습에 빠져들었다.

　"그리고 고삐는 너무 느슨하게 잡으면 방향 전환이
　　안 되니까 최대한 팽팽하게 연결하시고요."

　우리는 시범을 보여주는 〈덜커덩 선생님〉의 멋진 자세에 박수를 보냈다. 선생님의 시범을 보며, '나도 언젠가는 저렇게 탈 수 있는 날이 오겠지?' 하고 생각했다. 이날은 까칠한 〈덜커덩 선생님〉도 좀 멋져 보였다.

　"자, 그러면 다들 한 번씩 타볼게요."

선생님의 지시에 따라 말 등에 올라탔는데, 갑자기 나는 고삐 잡는 법이 헷갈리기 시작했다.

    "선생님 고삐는 새끼손가락 사이에 이렇게
    넣는 거 맞죠?"

고삐 잡는 건 정말 센터에 올 때마다 새롭다. 고삐를 새끼손가락 안에서 밖으로 감는 거던가? 밖에서 안으로 감는 거던가? 배워도 배워도 자꾸만 헷갈린다.

    "이렇게 새끼손가락에 고삐를 넣고 새끼손가락을
    쥐었다 폈다 하면서 컨트롤하는 거예요."

선생님은 고삐 쥐는 방법을 알려주시며 말했다. 나는 손에 쥐는 느낌을 최대한 기억하려고 노력했다.

    수업이 끝나고 나는 수업에서 궁금했던 걸 질문했다.

    "아까 보니까 말을 왼쪽으로 보낼 때는 고삐를

왼쪽으로 당기고 오른쪽으로 보낼 때는 오른쪽으로
당기면 되더라고요. 말은 고삐로 컨트롤하는
거였어요? 승마는 생각보다 엄청나게 섬세하네요?"

"맞죠. 고삐로 아주 살짝살짝 컨트롤하는 거예요.
세계대회 나가면 1위 하시는 분 중에는 남자지만,
섬세한 사람도 많아요."

'그럼, 역시 고삐는 손잡이가 아니고, 말하고
나하고 연결된 끈인 거네? 한 마디로 통신 수단.'

나는 조금씩 승마가 이해되는 것도 같았다. 생각을 좀
정리하고 선생님께 물었다.

"아까 수업 시간에 가방 얘기하신 건 뭐예요?
그걸 좀 못 알아들었어요."

"아, 그거요? 말을 탈 때는 가방이라고 생각하면
돼요. 우리가 좋은 브랜드 등산용 가방을 메면

끈도 편하고 내 몸에 딱 붙죠? 그렇게 말 등에 딱 붙어 있어야 해요. 그리고 몸에 힘을 주고 타게 되면 말 입장에서는 아주 딱딱하게 느낄 거예요. 몸에 힘을 빼면 스펀지처럼 부드럽겠죠?"

"그 말씀은… 그럼 제가 지금 등산용 가방인 거죠?"

"그렇죠."

"그러니까 제 몸이 말 등에 딱 맞는 부드러운 가방처럼 있으란 말씀인가요?"

"맞습니다. 바로 그거죠."

"아…"

그 뒤로 나는 말 등에서 맨 듯 안 맨 듯한 고급 등산용 가방이 되려고 노력했지만, 생각과는 다르게 내 몸은 제대로 굳은 돌이 되어 갔다.

2

중요한 건 수업이 진행될수록 달리는 속도가 빨라지고, 고삐로 말 컨트롤도 더 섬세하게 해야 했기 때문에 중심 잡기가 더욱 힘들어졌다는 점이다.

'아… 나는 진짜 진도 느리게 나가도 되는 데…'

하지만 프로 정신이 투철한 〈덜커덩 선생님〉은 수업 진도를 팍팍 빼셨다. 그러면서 선생님은 우리 반이 웬만한 다른 반보다 더 잘 탄다고 하셨다.

수업 난이도가 점점 높아질수록 고난의 날들이 시작되었다. 일단 중심도 잘 못 잡는 나는 컨트롤은 고사하고 말 등에 앉아 그대로 블랙아웃이 되어버리는 날이 더 많았다. 그러다 보니, 이때부터 본격적으로 까칠한 〈덜커덩 선생님〉의 덜커덩 스킬이 시전 되기 시작했다.

원래 말을 타면 말 등에서 몸을 일자로 잘 세우고 피스톤 운동하듯 그대로 무릎을 굽혔다 폈다 한다던데, 나는 웬일인지 중심을 잡지 못해 말 목으로 푹푹 쓰러졌다. 그럴 때면 〈덜커덩 선생님〉은 밑에서 어김없이 소리치셨다.

"목 끌어안으면 안 돼요. 그러다 떨어져요.
 허리 펴야 해요."

나는 선생님 말씀대로 허리를 펴고 타보려고 했으나, 몸이 마음대로 되지 않았다. 내 표정을 본 선생님은 계속 소리치셨다.

"할 수 있는데 할 수 없다고 생각하면 아무것도 못
 해요. 표정에서 다 보여요. 지금도 나는 못 한다고
 생각했잖아요? 내가 이미 못 한다고 생각하는데
 어떻게 잘하겠어요? 그렇게 하면 승마 절대 못
 해요. 자, 소리 한번 크게 지르고 다시 타봐요.
 할 수 있다."

"할 수 있다, 아 아."

소리를 크게 질러보라는 선생님 말씀에 내 지른 소리는
웬일인지 뒤끝이 무지 떨렸다.

　　　'아니, 관광지에서 승마해 보면 말 등에 가만히
　　　앉아 있어도 말이 그냥 가잖아? 말 등에서 무릎을
　　　굽혔다 폈다 해야 말이 가는 거면, 옛날에 말 타고
　　　한양은 어떻게 갔던 거야? 말 등이 나가기 전에
　　　내 등이 먼저 다 나가 버릴 것 같은데?'

　　말 등에서 이런저런 생각을 하고 있으면 선생님은 또 귀
신같이 소리치셨다.

　　　"오른쪽 팔 더 벌리고, 오른쪽 팔꿈치 더 벌려요."

　　　"앞사람보다 넓게 타야 해. 앞사람보다 더
　　　바깥쪽으로 달려요."

　　　"가야 해. 가야 해. 가야 해. 말이 서면 뒷사람도
　　　다 멈춰요."

"지금 내 얘기 들리죠? 듣고 있는 거죠?
정신 차려요. 아무것도 안 하면 안 돼."

이때부터 나는 수업에서 정신이 점점 더 혼미해지기 시작했다. 난 항상 말 위에서 최선을 다하고 있는데, 사람들이 찍어준 동영상을 보면, 내가 아무것도 안 하고 그냥 말 위에 앉아 있는 것처럼 나왔다. 정말 답답할 노릇이었다.

더럽게 위험한 말타기

1

나는 센터에 등록하기 전 승마는 '귀족 스포츠'라고 알고 있었는데, 내가 경험한 승마는 '귀족의 고상함'과는 전혀 거리가 멀었다. 먼저 마구간이라는 곳이 그렇다. 마구간에 도착하면 메탄가스 냄새가 진동한다. 그 고소함을 참고, 아래쪽에 쫙 깔린 말똥을 피해 말 얼굴을 들이밀어 마방굴레를 씌워 나온다. 그러다 보면 가끔 똥도 밟는다.

어느 날 마방굴레를 씌우던, 우리의 사고뭉치 왕언니 송미자 언니가 갑자기 비명을 질렀다.

"악! 소만이가 물었어."

"뭐? 소만이가 물었다고요?"

이 구역의 악동 '소만이'가 드디어 사람을 물었다. 마방굴레에 '소만이'의 얼굴을 억지로 밀어 넣다 보니, 사춘기 성격의 '소만이'가 언니를 콱 물어버린 것이다.

"언니, 괜찮아요? 팔 많이 다쳤어요?"

나는 언니가 걱정되어 달려갔다.

"아니, 괜찮아. 살짝 물린 거야."

미자 언니는 애써 웃었지만, 보여준 팔은 피가 흐르지
않아도 빨갛고 깊은 이빨 자국이 선명하게 보였다.

"언니, 세게 물린 것 같은데요? 흉터가 좀
   깊어 보이는데…."

"집에 가서 연고 바르면 되겠지, 뭐."

언니는 상처에도 별일 아니라는 듯 대수롭지 않게 말했
다. 나 같으면 많이 놀랐을 텐데 언니는 꽤 담담했다.

"원래 말도 물어요? 말은 초식동물 아니에요?"

"지금 물린 걸 보니 말도 사람을 무는 건
  확실하네."

부상에도 미자 언니는 해맑게 말했다.

2

승마에서의 또 다른 고난은 마구간에서 끌고 나온 말
을 마구간 앞에 있는 말을 준비하고 씻기는 장소인 수장
대에 묶는 일이다. 말을 끌고 나와 안장을 얹기 위해선 이
작업이 필수인데 이게 또 녹록지 않다.

수장대는 칸막이가 쳐진 좁은 공간으로 이곳에 말을
묶으려면 말을 진행 방향에서 U턴 시켜야 하는데, 이 말
U턴이 초보자에겐 좀 어렵다. 공간 아래쪽으로 풀이 있
어 말이 괜히 그걸 뜯어먹으려 버티기 때문에 말과 기 싸
움을 잘해야 한다. 말에게 시선을 주지 않고 줄을 짧게 잡
은 뒤 말보다 앞서 내가 U턴을 부드럽게 하면 그나마 말
이 나를 따라온다.

"아픈 거야? 동지? 그거 먹고 싶었어? 자 돌아봐.

자 돌자. 착하지, 동지."

이런 말 풀 뜯어먹는 소리를 하다 보면 말은 계속 풀만 뜯어 먹고 있다. 이 말과의 전쟁에서는 결국 강한 자만이 살아남는다.

 어느 날 내 짝꿍 패셔니스타 혜수 언니가 말을 U턴 시킬 때의 일이다.

"악! 지금 발 밟혔어."

"발 밟혔다고요? 말한테요?"

나는 얼른 혜수 언니 쪽으로 달려갔다.

"알아서 조심해야 해. 말 몸무게 450kg이라고 했어요. 말은 대형 동물이에요. 강아지 아니야.

옆에 너무 붙지 마요."

선생님은 뒤쪽에서 무심히 소리치셨다.

'이런 일은 비일비재하게 일어나나 보네…?'

나는 무심한 선생님의 말투에 '이건 별일 아닌가 보다.'
라고 생각했다. 일단 놀란 마음을 진정시키고 혜수 언니
에게 괜찮은지 물었다.

"지금 부츠 신고 있어서 괜찮은 것 같아요.
 운동화였으면 발 나갔겠는데요?
 밟히니까 엄청 아프네요."

'역시 혜수 언니의 부츠는 단순히 패션만을 위한 게
 아니었어…'

나는 오늘 또 한 가지를 배웠다.

3

우리가 타는 '처서', '소만이', '동지'는 걸음걸이에 각각 특징이 있는데, '소만이'는 경중경중 뛰고 '처서', '동지'는 종종걸음을 친다. 나는 종종걸음을 치는 '처서', '동지'가 더 타기 쉬운 것 같았고, 경중경중 뛰는 '소만이'는 좀 어렵게 느껴졌다.

어느 날 '소만이'를 주로 타던 유진 씨의 남편 도진 씨가 말했다.

"악! 소만이가 지금 제 얼굴에 침 뱉었어요."

〈덜커덩 선생님〉은 이 사건도 또 별일이 아니라는 듯 말씀하셨다.

"그건 뱉은 게 아니에요. 잠깐 머리 흔들면서 뛴 거지."

"저게 침 뱉은 게 아니라고요?"

옆에 있던 내가 선생님께 물었다.

"네. 말은 원래 침을 못 뱉어요. 기승자가 필요
이상으로 고삐를 당기면 말이 싫어서 머리를
흔들다가 저렇게 되는 거죠. 진짜 침 많이 튀는 걸
봐야 하는 데 경기에 나가면 달릴 때 소나기가
막 내려요."

"말이 침 뱉는 것도 아닌데 어떻게 그렇게 되는 거
예요?"

"경기에서는 고삐를 세게 써야 할 때도 있잖아요?
고삐를 당겼을 때 말이 머리를 흔들면 선수는
앞으로 달려 나가면서 튀는 침을 맞는 거죠.
말이 뒤를 보고 조준해서 뱉는 게 아니라."

"그럴 땐 어떻게 해요?"

"뭘 어떻게 해요? 계속 맞다 보면 별 느낌도 없어요."

4

승마에서 가장 황당한 건 잘 달리던 말이 갑자기 멈춰서 똥을 쌀 수 있다는 점이다. 지난번 구경했던 '전도 장애물 승마대회'에서도 1분 1초를 다투는 경기장에서 말이 갑자기 멈춰 서서 똥을 싸기도 했었다. 그때 숨죽이며 구경하던 나는 '내가 지금 뭘 본 건가?' 싶었다.

말이 똥을 쌀 때는 가던 길을 멈추고 꼬리를 좀 위쪽으로 연다. 그러니까 변을 볼 때면 말 엉덩이와 말총이 연결된 부분이 하늘 쪽으로 봉긋하게 더 올라간다. 그게 신호이고 그리고 위에 탄 기승자는 말한다.

"아…. 방금 뭔가 시원하게 나가는 느낌이 났어."

어느 날, 수업에서 우리는 평소 타던 말을 바꿔서 내가 이 구역의 악동 '소만이'를 타고, 미자 언니가 착한 '처서'를 타고, 유진 씨가 '동지'를 타고 있을 때였다.

그날도 마장 바닥에는 여기저기 말들이 방금 싼 똥이

많았다. 유진 씨가 탄 '동지'는 오늘 뭔가가 불편한지 연신 머리를 흔들어 댔다.

　　'아, 동지 오늘 좀 이상한데…'

　그때 갑자기 실내 마장 위쪽으로 비둘기가 날았고 놀란 '동지'는 몸을 굽혀서 가다가 혼자 자기 다리에 걸렸다가 놀라서 일어서며 혼자 쿵덕거렸다.

　　"히힝!"

　뒤에서 큰 소리가 나고 가장 앞쪽에서 '소만이'를 타고 있던 나는 제대로 공중 부양 로데오를 했다. 뒷말 소리에 놀란 '소만이'가 달리다 머리를 세차게 흔들어 댔다. '소만이'의 말 갈퀴가 내 눈 쪽으로 다가왔다. 나는 본능적으로 위험을 감지하고 안장 앞쪽에 달린 손잡이를 잡고, 말이 잠잠해질 때까지 버텼다.

　　'휴, 그래도 안 떨어졌네?'

'소만이'가 잠잠해지자, 나는 안심하고 소동이 일어난 뒤쪽을 보았다. 사람들이 '동지' 쪽으로 모였다.

　　"그래도 잘 버텼어요."

〈덜커덩 선생님〉이 유진 씨에게 말씀하셨다.

　　"진짜 무서웠는데, 안 떨어져서 다행이에요."

　유진 씨의 목소리가 들렸다. 수업이 끝나고 나는 유진 씨에게 아까 무슨 일이 있었는지 물었다.

　　"아, 동지. 오늘 미쳤어요. 너무 무서워요. 안장
　　안쪽에 뭐가 들어가 있었는지, 아니면 비둘기에
　　놀란 건지 잘 모르겠지만 갑자기 몸을 쿵덕거리니까
　　저 진짜 떨어질 뻔했어요. 그러다 아래쪽 똥
　　무더기를 보니까 정신이 번쩍 나더라고요. 이대로
　　떨어지면 아픈 건 둘째로 치고 똥을 잔뜩 뒤집어쓸
　　것 같았어요. 그래서 최대한 버텼지, 뭐예요?

똥이 없었다면 저 진짜 오늘 떨어졌을지도
몰라요.”

“아, 맞네요. 생각도 못 했는데, 진짜 말 타다가
잘 못하면 똥으로 떨어질 수도 있는 거네요.”

나는 아찔한 순간을 상상하며 말했다.

“그래도 잘 버텼어요. 초보인데 말에서 떨어지지
않은 것만으로도 오늘 진짜 잘 탄 거죠.”

어떻게든 나는 놀란 유진 씨를 위로하고 싶었다.

당신에게 있고 나에게 없는 것

'소만이'를 타고 공중 부양 로데오를 한 뒤로 나는 수업 시간에 한층 더 얼어붙었다. 나의 말 타는 모습이 너무 답답했는지 〈덜커덩 선생님〉은 더 크게 소리치셨다.

> "위에서 아무것도 안 하면 안 돼요. 내가 가는 거지,
> 말이 가주는 게 아니에요. 말을 타야 해."

나는 나름대로 매번 최선을 다했지만, 수업 시간 내 짝꿍 혜수 언니가 찍어준 동영상을 보면 나는 그냥 말 위에 앉아 있는 것처럼 보였다. 그러면 선생님은 소리치셨다.

> "아니, 여기 누가 보낸 거야? 본인이 말 타겠다고
> 등록한 거 아니에요? 나 지금 고문하러 온 거죠?
> 혹시 다른 반 선생님이 보낸 스파이 아니에요?"

처음에 나는 선생님께 과거의 김용희가 오늘의 김용희를 이곳으로 보냈다고 했다. 하지만 그 뒤로도 계속 말을 잘 못 타는 나를 보고 선생님은 또 내게 물으셨다.

"솔직히 말해요. 누가 보냈어요? 여기 보낸 사람

　있을 거 아니에요?"

　나는 사실 이 말까진 안 하려 했었는데 이제는 선생님께 나를 누가 이곳으로 보낸 건지 모든 진실을 밝힐 시간이 온 것 같다. 참다못한 나는 처음 내게 승마를 권했던 고성희 님의 이름을 속 시원히 외쳤다.

　"고성희!!!"

　사람들은 서로 얼굴을 쳐다보며 수군거렸다.

　"고성희가 누구야? 고성희가 누군데?"

　나는 속이 시원해졌고, 그 뒤로 모든 의문이 풀린 〈덜커덩 선생님〉은 누가 날 여기에 보냈는지 더 이상 물어보지 않으셨다.

　수업이 끝나고 추가로 궁금한 게 생긴 나는 선생님께

다가가 질문했다.

"선생님, 저는 다른 운동은 문제가 없는 데 왜
승마만 안 돼요?"

질문을 들은 〈덜커덩 선생님〉이 내게 다시 물었다.

"다른 운동 뭘 해 보셨는데요?"

"글쎄요. 잘하는 건 없지만 아크로바틱, 요가, 수영
이런 거 해봤어요. 승마는 발이 공중에 떠 있어서
무서워서 못 하는 건가?"

혼자 중얼거리는 데 선생님이 다시 물었다.

"아크로바틱이 뭐예요?"

"매트 같은 거 깔고 백텀블링 하는 거 뭐 그런 거
있잖아요. 백텀블링 혼자는 못 하지만… 거기

관장님께서 휙 돌려주시면 할 수는 있어요."

"전 그런 거 절대 못 해요. 사람들이 저한테 말
위에서 텀블링할 수 있냐고 물어보거든요. 그럼
저는 못 한다고 해요. 저는 승마선수이지, 기예단이
아니잖아요? 텀블링은 무서워서 못 해요."

선생님과 대화하면서 나는 생각이 많아졌다.

'선생님에겐 있고 내겐 없는 것. 선생님은 되고
나는 안 되는 것. 그게 대체 뭐지?'

그게 무엇인지 모르겠지만, 나는 그걸 찾고 싶었다. 잠
시 다녔던 아크로바틱 수업에서 관장님은 내게 근력과 유
연성이 있다고 했다.

'근데 왜 승마만 안 되는 거야? 승마는 근력하고
유연성은 안 쓰는 거야? 그럼, 승마는 무슨 힘을
쓰는 거야? 말이 두렵다는 말로 지금 이게 왜 안

되는지 모두 다 설명이 안 되잖아? 꽤 오랜 시간이
지났고, 두려움은 이제 익숙할 때도 됐는데….'

잠시 생각에 잠겨 있는데 착한 유진 씨가 다가왔다.

"언니, 지금 무슨 생각 해요?"

"유진 씨, 왜 저만 승마가 안 되는 걸까요? 여기 있는
사람들은 다 되는데… 저는 무엇이 문제일까요?"

"겁을 내셔서 그런 거 아닐까요?"

'진짜 너무 심하게 겁을 내서 그런 건가?'

집으로 돌아온 나는 곰곰이 생각에 잠겼다.

이번 학기 수업도 이제 한 달 남짓 남았는데, 계속 그 기
간 내내 선생님께 혼나고 싶진 않았다.

'공중에서 무릎을 굽혔다 폈다 하는 건 대체 어디에 중심을 잡고 하는 거지?'

도저히 감을 못 잡는 나는 방바닥에서 기마자세를 취하고 무릎을 굽혔다 폈다.

"어? 이게 뭐야? 이게 왜 안돼?"

기마자세를 취하고 무릎을 위아래로 굽혔다 폈다 해보니 내 몸은 코어 힘이 부족하고 몸의 양쪽 밸런스가 다 무너져 있었다.

나는 그때 깨달았다. 승마는 근력으로도 유연성으로도 되는 게 아니었다. 필요한 건 바로 코어 힘.

'문제가… 이거였어?'

평소에 난 항상 컴퓨터 앞에 앉아 있다 보니 뒤쪽 허벅지에 힘이 없었다. 그리고 일에 집중할 때는 늘 의자 위에

양반다리를 하고 앉기 때문에, 오른쪽 복숭아뼈 아래쪽 발등 근육을 자유롭게 쓰지 못했다. 기마자세를 취하기 위해 발바닥을 땅에 붙이고 무릎을 굽혀보니 내가 어디가 문제인지 쉽게 알 수 있었다. 오른쪽 발목, 오른쪽 무릎, 오른쪽 골반에 힘이 전혀 들어가지 않았다.

'아, 나…. 이러니까 말이 자꾸 왼쪽으로 쏠려서 트랙 안으로 들어가지. 이러면 절대 넓게는 못 타겠네.'

오른쪽에 힘이 없으니 그냥 서 있어도 내 몸은 왼쪽으로 살짝 기울어져 있었고, 평지에서도 똑바로 서지 못하는데 말 위에 앉아 상체를 곧게 세운다는 건 애초에 불가능한 얘기였다.

'설마 내가 이걸 고치려고 승마를 시작하게 된 건가?'

난 상황을 최대한 긍정적으로 생각하기로 했다.

‘이걸 대체 어떻게 고칠 수 있는 거지?’

나는 혹시나 해서 승마 선수들의 코어 단련법을 찾아보았지만, 승마 관련 영상은 실제 말 타는 훈련 영상이 많고 코어 단련법은 찾기 힘들었다.

나는 기회가 된다면, 센터에 가서 좋은 방법이 있는지 선생님께 한 번 여쭤보기로 했다.

말 등에서 잠시 쉬어가기

"제가 다음 주에 대회에 나가서 다음 주에 오시면 아마도 제가 없을 거예요."

어느 날 〈덜커덩 선생님〉이 말씀하셨다.

'그럼 난 혹시 다음 주에 해방인 건가?'

항상 느린 진도를 꿈꾸는 나였기 때문에 어느새 마음이 홀가분해졌다. 하지만 선생님의 부재에 아쉬운 마음이 드는 미자 언니는 물었다.

"선생님, 그러면 우리 반은 누가 가르쳐요?"

미자 언니의 질문에 선생님은 미안한 표정을 지으며 대답하셨다.

"다음 주 한 번만, 첫날 만나셨던 〈오늘의 선생님〉께 배우세요."

"그럼, 우리 단톡방에 선생님 사진 올려줘요."

미자 언니가 말했다.

"왜요?"

당황한 기색이 역력한 선생님이 물었다.

"아니, 매주 서로 얼굴은 봐야죠."

선생님은 무슨 말을 해야 할지 몰라 당황하셨고, 옆에서 보고 있던 나는 미자 언니의 이런 순수하고 해맑은 공격이 좀 아찔하고 재밌었다.

'과연 선생님은 우리에게 사진을 보낼까?'

그렇게 다음 주가 되었고, 나는 센터로 향했다. 평소와 다름없이 말을 꺼내서 준비하려는 데, 마방에 못 보던 안내문이 붙어 있었다.

<탈출 전문 마필 – 소설>
반드시 체인 고리 잠금
탈출 시 위험합니다.

"어? 이거 뭐지? 미자 언니 얘 탈출했었나 본데요?"

나의 말에 미자 언니가 다가왔다.

"그러네? 얘 어디 나갔다 왔나 보네."

그렇게 우리가 왁자지껄 떠들며 말을 준비시키고 있을 때 〈오늘의 선생님〉이 오셨다. 선생님은 우리가 꺼낸 말을 점검하기 시작하셨다.

"어? 오른쪽 다리 부었네?"

'처서'를 살펴보던 선생님은 말의 무릎을 만지면서 말씀하셨다. 내가 볼 땐 건강한 무릎인 것 같은데 척 보고 말 상태를 아시는 선생님이 신기했다.

"눈으로 보면 티가 안 나는데 어떻게 아세요?"

선생님은 '처서'의 다리를 만지며 말씀하셨다.

"여기 보면 이쪽이 좀 부어 있잖아요.
그리고 이렇게 만져보면 여기가 뜨거워요."

선생님의 말씀에 사람들은 '처서'에게 다가가, 다리를 만졌다. 궁금함에 나도 한번 만져보고 싶었지만, 발로 차일까 봐 꾹 참았다.

"어제 마구간에 무슨 일이 있었던 거예요?"

평소와 다른 마구간 분위기에 나는 선생님께 물었다.

"어제 말들의 집단 탈출 소동이 있었어요. 몇몇이
가출했다 돌아왔거든요. 그때 주변을 뛰어다니다가
얘도 다리를 다쳤나 봐요."

선생님은 몸을 일으키며 말씀하셨다.

"그러면…. 처서는 다시 마방으로 넣으시고요.
 오늘은 푸른 밤으로 탈게요. 남자분들이 가셔서
 푸른 밤 데려오세요."

'오, 드디어 새로운 말의 등장인가?'

나는 '푸른 밤'이란 이름 때문에 왠지 멋진 말이 등장할 것 같아 잔뜩 기대했다. 곧 김 반장님과 도진 씨가 마구간에서 '푸른 밤'을 데려왔다. 예상대로 '푸른 밤'은 특별했다. 하얀 바탕에 갈색 점박이 무늬가 멋지고 인상적인 말이었다. 젖소 무늬인데 그러니까 그게 소가 아니고 말인 그런 상황이었다.

'푸른 밤'은 덩치도 컸다. 우리가 원래 타던 말보다 머리 하나가 더 있을 만큼 키가 크고 배 둘레도 더 컸다. '푸른 밤' 옆에 있으니 '소만이'와 '동지'가 왜소하고 작은 어린 말처럼 느껴졌다.

'얘는 아예 말의 종류가 다른 건가?

다른 말보다 키가 훨씬 크네?'

나는 '푸른 밤'이 멋져서 이름을 기억했다가 후에 〈덜커 덩 선생님〉이 돌아오셨을 때 말의 종을 여쭤보았다. 하지 만 내 예상과는 달리 선생님께서는 '푸른 밤'도 '소만이', '동지'와 같은 '한라마'라고 하셨다.

'덩치가 커서 다른 종인 줄 알았었는데 같은 종이었다 니….' 난 적잖이 충격을 받았다. '인간도 모두 체형이 다 르듯 말도 개체에 따라 체형이 제각각인가 보다.'라고 이 해하기로 했다.

"이야, 얘 진짜 멋지다."

사람들은 '푸른 밤'을 보고 감탄에 감탄을 금치 못했 다. 우리는 다 같이 처음 보는 말의 등장에 한껏 들떴다. '푸른 밤'의 몸을 만져보고 털을 빗겨보고 함께 사진도 찍 었다.

"푸른 밤은 무게가 좀 나가는 분들이 타는 게
    좋아요. 그래서 남자분들이 돌아가면서 탈게요."

선생님 말씀에 남자들이 '푸른 밤'을 타기로 했다. 나는
오늘 짝꿍 혜수 언니가 결석한 관계로 미자 언니와 함께
'동지'를 타기로 했다.

"다른 애들은 다 24절기로 이름 짓는 데,
    쟤는 왜 이름이 푸른 밤이에요?"

나는 미자 언니가 대답해 줄 거로 생각지 않고 물었다.

"소주 이름이래."

난 당연히 모른다고 할 줄 알았는데 미자 언니는 바로
대답했다.

"네? 소주요?"

나는 눈이 휘둥그레져서 물었다.

"응, 소주. 다른 센터에서 온 말인데, 그 센터는
  사장님이 술 이름으로 말 이름을 짓는다는데?"

"아, 그래요?"

나는 미자 언니랑 계속 같이 있었는데, 언니는 이런 얘기를 대체 어디서 듣는 걸까? 미자 언니는 정말 대단한 것 같다.

〈오늘의 선생님〉은 우리를 넓은 공간에서 타게 하셨다.

'아, 잘됐다. 난 넓은 공간이 좋아.'

오늘은 〈덜커덩 선생님〉이 없어서 못 타도 혼낼 사람도 없고, 큰 공간에서 마음껏 탈 수 있으니 여러모로 기분이 좋았다.

'그래, 오늘은 어디 한번 힘껏 달려보는 거야.'

말을 타기 전에 야심 차게 다짐했건만, 막상 말 등에 올라타니 오늘의 나는 현실과 잘 타협하여 그냥 '동지' 위에 앉아 있기로 했다.

사람들이 옆에서 이리저리 지나갔다.

"용희 씨, 오늘 안 탄다."

미자 언니의 목소리가 들렸다.

"용희 선생님은 이런 승마를 더 좋아하실 것
  같은데요? 일명 힐링 승마."

도진 씨가 미선 언니에게 말했다. 나는 오늘 그냥 말 등에 앉아 있기로 했기 때문에 여유로운 마음으로 아래쪽에서 하는 대화에 귀를 기울였다. 나는 두 사람을 향해 소리쳤다.

"오늘 찾았어요. 제가 원하는 승마. 제가 생각하던

　승마는 바로 이런 거였어요."

"내가 볼 거야, 용희 씨. 언제까지 앉아 있는지."

미자 언니가 웃으며 말했다.

오늘은 사람들이 저마다의 방향으로 말을 몰았기 때문에 나는 아무 방향으로나 지나다니는 말들을 피해 가장 바깥쪽으로 말을 몰아놓았다. 그리고 나서 원을 천천히 돌며 말 등에 앉아 유유자적 힐링 승마를 즐겼다.

"아… 진짜 행복하다. 이런 게 정말

　내가 원하는 승마지."

오늘만큼은 아무것도 안 해도 말이 알아서 가주니 좋았다. 이렇게 말 위에 그냥 가만히 앉아 있으니, 행복감이 몰려왔다.

그렇게 한참을 말 위에 앉아서 '말 멍'을 때리고 있는데 〈오늘의 선생님〉과 눈이 마주쳤다.

"거기 동지 탄 선생님 이리 오세요."

나는 '동지'를 탄 채 선생님 앞으로 갔다. 선생님은 끈을 가져오셔서 말에 연결한 후, 자기 몸을 원의 중심으로 해서 '동지'를 동그랗게 달리게 만드셨다.

우리 반은 처음 한두 번만 이런 식으로 선생님이 잡아 주시고, 그 후에는 스스로 탔었다. 이렇게 타는 건 오랜만이라 어쩐지 나는 좀 편안한 마음이 들었다.

"제가 밑에서 이렇게 잡아 드릴 테니까
 한 번 타보세요."

그렇게 갑자기 〈오늘의 선생님〉의 특훈이 시작되었다.

"자, 말이 출발하면 말을 먼저 보내고 반동을 느낀

다음 무릎을 펴서 일어나시는 거예요."

나는 다리에 힘을 꽉 주고 일어나려 했으나 그게 마음처럼 잘 되진 않았다.

"말을 먼저 보내고 일어나야 해요.
자, 지금 일어나요."

나는 선생님의 구령에 말을 보내고 몸을 일으켰다.

"일어난 다음에는 타야 해. 타야 해요."

선생님께서 소리지셨다.

"만약 무서우면 안장 앞에 달린 손잡이를
잡고 타셔도 돼요."

나는 그렇게 선생님의 말씀에 따라 무릎을 몇 번 굽혔다 폈다 했다. 나를 지켜보던 선생님께서 말씀하셨다.

"시선 어디 봐? 바닥 보면 바닥으로 꽂혀요. 그러다
낙마하는 거예요. 말 목 잡지 말고 시선 높이
보세요. 저기 위쪽 창문 보이죠? 시선은 가는 방향
그 높이쯤으로 유지."

아, 그러니까 나는 이제 좀 이해했다. 비록 몸은 안 돼도
머리로는 이제 좀 알 것도 같다.

「아랫배에 힘을 꽉 주고
시선은 창문 높이의 가는 방향으로 유지.
말이나 땅은 보지 말고 시선은 위쪽으로.
말과 몸은 일직선.
그 상태에서 무릎을 굽혔다 폈다.」

그렇게 특훈이 끝나고 나는 상쾌하게 말에서 내려왔다.
우리는 보통 6명이 3마리 말을 타기 때문에, 3명이 먼저
탄 뒤 대기 했다가 다음 3명이 탄다. 오늘은 혜수 언니가
없어서, 5명이 자유롭게 이리저리 바꿔가며 말을 탔다.
아까 내가 말 타는 것을 구경하던 미자 언니는 바로 다음

차례였다.

　나는 기승이 끝나서 숙제를 마친 홀가분한 마음으로 주변 사람들을 구경했다. 저 멀리 까만 옷을 입는 백마 탄 남자분이 보였다. 그분은 등자에 발을 올리고 몸은 정확히 일직선을 유지한 채 위아래로 무릎을 굽혔다 폈다 했다. 멀리서 봐도 일어났다 앉는 높이가 굉장했다. 거의 평지에서 팔짱 끼고 편안하게 스쿼트하는 그런 느낌이었다.

　　'아, 저렇게 타는 거구나. 자세도 진짜 멋지다.
　　　말도 멋진걸.'

　나는 나도 모르게 그분의 말 타는 모습에 흘려 넋을 잃고 바라보았다.

　그때였다. 미자 언니가 "어, 어, 어."하고 소리치더니 '소만이'가 달리는 방향으로 떨어지려는 게 보였다.

　　"뭐, 뭐야?"

나는 미자 언니 쪽으로 달려갔다. 언니는 달리는 말에서 고삐를 붙잡고 잠시 버텼다. 언니의 허리가 굽혀졌다 펴졌다.

'잘 버텼네, 언니.'

나는 안심하고 한시름 놓으려는 데, '소만이'가 말머리를 뒤로 한 번 더 크게 흔들었다. 언니는 위로 살짝 떴다가 아래로 몸을 구부리면서 고삐를 살짝 잡은 채 엉덩이로 떨어졌다. 겉으로 보기엔 살짝 '콩' 이렇게 떨어지는 느낌이었지만 어쨌든 우리 반의 첫 낙마였다.

"언니, 괜찮아요?"

놀란 나는 미자 언니 앞으로 달려갔다.

"안 믿겠지만, 진짜 괜찮아."

미자 언니가 말했다.

유진 씨에게 특훈을 해주시던 〈오늘의 선생님〉은 말을 잡은 채 고개를 돌려 언니에게 소리치셨다.

"괜찮아요? 어쩌다 떨어진 거예요?"

미자 언니가 말했다.

"저도 모르겠어요."

나중에 미자 언니는 사건 당시 언니가 고삐를 너무 세게 당겨서 화가 난 말이 머리를 뒤로 세차게 흔든 것 같다고 했다. 마장을 나오면서 〈오늘의 선생님〉은 미자 언니에게 밀했다.

"그래도 오늘은 집에 가서 약도 바르시고 좀 쉬셔야 해요. 살짝 떨어졌어도 낙마는 낙마니까."

나는 미자 언니에게 다가갔다.

"언니, 몸 괜찮아요? 다치지 않았어요?"

"응, 나 진짜 괜찮아. 원래 잘 넘어지거든.
　그래서 낙법에 익숙해."

미자 언니는 해맑게 웃으며 말했다.

"그럼, 다행이고요."

언니는 괜찮다고 했지만, 왠지 난 언니가 걱정되었다.

"그래도 내일 아침에 일어나면 아플지도 몰라요."

"사실 처음에 한 번 버텼거든. 근데 두 번째로
　소만이가 목을 뒤로 젖힐 때, 한 번 더 버틸까
　했었는데… 몸이 너무 위로 붕 뜨는 거야.
　더 버티다가는 크게 다칠 것 같았어.
　그래서 그냥 떨어진 거야."

"잘했어요. 옆에서 볼 때도 잘 떨어지신 것
같았어요. 언니, 운동신경 좋으신 것 같아요."

"자전거에서 몇 번 떨어져 봐서 도움이
됐던 거 같아."

수업이 끝나고 우리는 오늘 애써주신 〈오늘의 선생님〉
께 인사를 드렸다. 선생님께서 말씀하셨다.

"수업이 어땠는지 모르겠네요. 코치마다 다
지도하는 방법이 다르니까요."

"전 좋았어요."

나는 오늘 수업이 꽤 즐거웠기에 웃으면서 대답했다. 선
생님은 우리 승마 자세에 대한 1:1 피드백을 해주시고 수
업을 마치셨다. 수업 후에 나는 선생님께 평소 궁금하던
것을 여쭤보았다.

"선생님, 혹시 평소 승마 선수들의 코어 훈련법이
있나요? 지금은 일주일에 한 번 말을 타는 데,
현실적으로 매일 말 등에서 연습할 수는 없으니까
집에서라도 조금 연습하고 오면 좋을 텐데요…"

"아, 그래요? 그러면 집에 짐볼 있어요?"

"네, 있어요."

"그럼, 그걸 벽에 대고 그 위에 앉아서 손을 고삐를
잡은 것처럼 앞으로 올리고, 상체를 뒤쪽으로
좀 보낸 뒤에 앉았다 일어났다 해보세요.
그럼, 연습이 좀 될 거예요."

"아, 그렇군요. 알려주셔서 감사합니다."

나는 좋은 정보를 알려주신 〈오늘의 선생님〉께 감사 인
사를 드리고 사람들이 기다리는 쪽으로 달려갔다. 오늘
은 선생님께 혼나지 않은 게 가장 기분이 좋았다. 사람들

은 모여서 내 얘기를 하고 있었다.

"그나저나 우리 오늘 용희 승마했다."

해맑게 미자 언니가 말했다.

"용희 승마요? 그게 뭐예요?"

궁금해진 내가 물었다.

"응, 용희만 좋은 승마. 자기는 좋았지?"

"네, 저는 정말 좋았죠. 점수로 말하면 10점 만점에
10점. 원래 제가 생각한 승마가 이런 거였는데….
말 등에 앉아 있다가 선생님께 스킬을 배우는 그런
힐링 승마. 오늘 전 혼나지도 않고, 제대로
즐겼네요."

"그래도 우린 〈덜커덩 선생님〉이 그리워요."

동그란 눈에 〈덜커덩 선생님〉을 향한 그리움을 가득 담은 유진 씨가 말했다.

제대로 마상

'짐볼? 짐볼!'

〈오늘의 선생님〉 말씀을 듣고 집으로 돌아온 나는 오래전 창고에 넣어 둔 짐볼을 꺼냈다. 바람 넣을 때 필요한 펌프는 이미 부서진 뒤였다.

'아, 빨리 한번 해보고 싶은데… 어떡하지?
이건 입으로 불 수도 없잖아?'

나는 창고를 다시 뒤져서 타이어에 바람 넣을 때 쓰는 '디지털 에어 컴프레서'를 꺼냈다.

'이거라도 가져다 해보지, 뭐. 근데 이걸 쓰면
짐볼 터지는 거 아냐?'

불안하긴 했지만, 나는 컴프레서와 짐볼을 들고 주차장으로 향했다. 부디 아무도 만나지 않길 바라며….

차에 있는 소켓에 플러그를 꽂고 전원을 켰는데, 바람

들어가는 소리가 온 주차장에 쩌렁쩌렁 울렸다. 약간의 창피함이 몰려왔다.

소리가 너무 크다 보니, 난 어떻게든 이 상황을 빨리 마무리해야겠다고 생각했다.

'뭐, 되긴 되는데?'

그렇게 한참 동안 바람을 넣다가 나는 짐볼이 터지기 전에 적정선에서 바람 넣는 것을 멈추고, 완성된 짐볼과 컴프레서를 챙겨서 빨리 주차장을 빠져나오려고 했다. 바로 그때였다.

"용희, 안녕?"

오늘은 아무도 만나지 않기를 바랐었는데 지나가던 이웃 언니를 만났다. 언니는 날 보고 여느 때와 같이 반갑게 인사를 건넸다.

"안녕하세요? 언니"

나도 웃으며 인사했다.

"뭐했어? 웬 짐볼을 들고 다녀?"

역시나 여기서 이걸 들고 다니는 건 좀 이상하긴 하다.

"주차장에서 타이어 바람 넣는 걸로 짐볼에
바람 넣었어요."

"원래 그걸로도 되는 거야?"

이웃 언니는 놀라운 사실에 눈이 동그래져서 물었다.

"그러게요. 저도 안 될 줄 알았는데 막상 해보니까
되네요."

집으로 돌아온 나는 짐볼을 타면 어떤 느낌이 드는지

어느 부위가 운동이 되는 건지가 궁금해져서 짐볼을 타 보았다. 짐볼은 어린 시절 탔던 고무 말 느낌이 났다.

'오, 이거 기마자세보다 훨씬 쉽고 편하네?'

맨땅에 서서 기마자세를 취하고 앉았다 일어나는 것보다 짐볼을 타고 말 타는 자세로 통통 튕기는 게 중심 잡기는 훨씬 편했다. 그 후로 나는 시간이 날 때마다 짐볼을 탔다. 제발 다음 시간〈덜커덩 선생님〉이 돌아오면 더 이상 혼나지 않길 바라면서 말이다.

드디어 다음 수업이 시작되었고, 어느덧 우리 반의 실력은 방향 전환과 S자 타기가 가능한 수준으로 발전되어 있었다.

"뭐야, 승마가 이렇게 금방 배우는 거였어요?"

나는 기승을 기다리며 옆에 있던 유진 씨에게 말했다.

"다들 일취월장하셨네요."

유진 씨가 웃으며 대답했다.

드디어 긴장되는 내 차례가 돌아왔다. 나는 호흡을 가다듬고 말 등에 올랐다.

'휴, 오늘도 떨린다.'

나는 오늘 '동지'를 탔다. 긴장은 됐지만 집에서 나름대로 훈련했기 때문에 이번에는 좀 나을지도 몰랐다. 말이 곧 출발했고, 나는 힘껏 버틴 채 말 등에서 무릎을 굽혔다 폈다 했다.

"오? 용희 씨, 저번보다 늘었네? 저번 시간에는 힐링 승마했잖아."

어디선가 미자 언니의 해맑은 목소리가 들렸다.

"힐링 승마가 무슨 말인데요?"

다시 돌아온 〈덜커덩 선생님〉이 미자 언니에게 물었다.

'아….'

나는 일단 두 사람에서 최대한 멀리 떨어진 곳으로 말을 몰았다. 달리면서 그래도 지난 시간 보다 승마가 훨씬 편해졌다고 느꼈다.

'지난 수업 때는 말 위에서 아무것도 안 하고
쉬었잖아? 그런 시간도 효과가 있나 보네?'

나는 지난 시간 말 위에 앉아 힐링 승마를 즐겼었는데 푹 쉬어서 그런지 오늘따라 말이 좀 편안하게 느껴졌다.

'말이랑 좀 친숙해진 것도 같은데? 아님, 진짜
짐볼이 효과가 있는 건가?'

나는 말 등에서 이런저런 생각을 했다. 그리고 저번 시
간 〈오늘의 선생님〉께 배운 특훈을 상기하며 시선도 최대
한 위쪽으로 주려고 노력했다.

　　'아, 이제 된다.'

　　나는 오늘 이번 학기 처음으로 승마가 안 무서웠다. 지
난 시간 나의 힐링 승마 소식을 들어서 그런지 〈덜커덩 선
생님〉은 더 무섭게 소리치셨다.

　　"팔 벌리면 안 돼요. 팔꿈치 모아요."

　　"어디로 가? 어디로 가요? 바깥쪽, 바깥쪽으로
　타요."

　　나는 최대한 내가 할 수 있는 만큼 하는 데 선생님이 보
시기엔 계속 부족해 보였나 보다. 선생님의 지시에 따라
열심히 타다 보니 오른쪽 발목이 아파져 왔다. 심각할 정
도는 아닌데 원래 오른쪽이 약하기도 하고, 안 쓰던 발목

근처 근육을 계속 쓰니까 아무래도 근육통이 왔다.

'말 등에서 근육이 아플 땐 어떻게 쉬는 거야?
옛날 사람들은 대체 어떻게 했대?'

그렇게 의문에 의문을 더하고 있는데 〈덜커덩 선생님〉
이 말씀하셨다.

"동지, 이쪽 소화전 앞에서 방향 전환."

'동지'를 타고 있던 나는 소화전까지 달려 선생님 앞으
로 말을 몰았다. 그때 눈앞에서 사진을 찍고 있던 혜수 언
니와 부딪힐 뻔했다.

"언니, 조심해요."

그래도 적절한 타이밍에 혜수 언니가 비켜서 다치진 않
았지만 나를 지켜보던 〈덜커덩 선생님〉이 소리치셨다.

"정신 차려요."

정신없이 말을 타다 보니 어느덧 수업이 끝났다.

"용희 씨, 그래도 오늘은 저번보다 훨씬 나았어."

"많이 늘었어."

사람들은 저마다 내게 한마디씩 했다. 나 역시도 오늘
은 내가 꽤 괜찮게 탄 것 같았다. 하지만 수업 시간에 내
내 심드렁한 선생님의 표정 때문에 뭐가 문젠지 궁금해서
선생님께 물었다.

"선생님, 저… 그래도 이번에는 괜찮지 않았어요?
이번 학기 처음으로 말이 안 무서웠는데…."

하지만 〈덜커덩 선생님〉의 반응은 싸늘했다.

"하하하하하. 안 무서웠는데, 팔을 왜 그러고

타세요?"

선생님은 마장이 떠나가라 웃었다. '아….' 난 이번에는 제대로 마상을 입었다. 민망해진 짝꿍 혜수 언니가 선생님께 한마디 했다.

"선생님, 선생님은 칭찬에 너무 인색하세요."

집에 와서 사람들이 보내준 수업 시간 동영상을 보니 내 승마 동작은 그리 크지 않았다. 말 탈 때 체감상으로는 내가 제법 크게 움직이는 것 같았는데, 실제로 보니 약간씩만 위아래로 움직이고 있었다. 선생님 말씀대로 팔도 영 어색했다.

'아, 승마여. 진정 강한 자들의 스포츠.
어떻게 하면 널 잘할 수 있단 말이냐?'

오늘도 난 승마만 생각하면 한숨이 절로 나왔다.

승마 당신을 앞으로 어찌해야 할까요?

"아, 승마. 제가 이걸 왜 시작해서…."

나에게는 아침마다 같이 동네를 걷는 절친 희 언니와 김 언니가 있다. 오늘도 나는 두 언니를 만나 답답한 속을 털어놓았다.

"용희 씨, 그거 용희 씨만 그런 게 아니에요. 저도
말만 타면 쭈그리가 된 것 같아요. 다른 사람은 다
되는 데 저만 안되고 자꾸 앞으로 꼬꾸라지고…."

김 언니가 나를 달래며 말했다.

"승마는 정말 누구나 쭈그리가 되기 쉬운
운동이죠."

나는 한숨을 쉬며 답했다.

"자기야, 탐라문화제 알지?"

옆에 있던 희 언니가 말했다.

"김 언니 거기서 거리 퍼레이드할 때 말도 타셨어."

 '탐라문화제'는 제주에서 60년 이상 이어져
온 전통문화축제로 매년 가을에 열린다.
특히 1,500여 명이 1.7km를 행진하는 거리 퍼레이드
는 이 축제의 하이라이트인데, 바로 이 퍼레이드에 김 언
니가 참석했다는 것이다.

"진짜예요? 무섭지 않으셨어요?"

"무서웠죠. 우리 승마장에서 다 같이 나간다고 해서
따라가게 된 건데… 퍼레이드는 원래 첫 번째로
제일 잘 타는 사람이 타고, 두 번째로 제일 못 타는
사람이 타요. 저는 당연히 두 번째로 탔죠."

"자기야, 자기도 만약 퍼레이드 나가면
자기도 두 번째다."

옆에 있던 희 언니가 나를 놀렸다. 나는 한숨을 쉬며 답했다.

"어휴, 전 두 번째가 아니라 아예 퍼레이드도
못 나갈걸요? 거기 괜히 나갔다가 아스팔트로
떨어지면 무서워서 어떻게 해요?"

말을 타고 거리 아스팔트 위 거리 퍼레이드라니, 생각만
해도 아찔하다. 김 언니는 퍼레이드에 대한 이야기를 계
속해 주셨다.

"거리 퍼레이드는 복장도 갖춰 입어야 하잖아요?
장군도 있고, 사또도 있고, 포졸도 있고요….
퍼레이드에 나가면 기승자하고 말하고 모두 다 정신
없어요. 특히 앞에서 큰 깃발을 들고 가니까,
잘 못하면 뒤따라오는 말이 놀랄 수도 있거든요.
어쨌든 각별히 주의해야 해요."

"진짜 고생하셨겠다."

나는 '고생하셨겠다'는 말이 절로 나왔다. 전통 복장을 하고 말 타는 퍼레이드에 참여하는 상상을 하니, 모든 게 어렵고 무서울 것만 같았기 때문이다.

　　"제가 너무 무서워하니까 옆에서 센터 사장님이
　　저 잡아 주고 계속 걸으시다가 팀 전체를 통솔해야
　　해서 다른 데로 가셨는데…. 나중에 알고 보니
　　저 때문에 저쪽에 가셔서 사모님한테 혼나고
　　계시더라고요. 멀리서 사모님 목소리가 들렸어요.
　　그러게, 왜 저를 데리고 나왔냐고…."

　　"아이고."

　　"그날 60대 할머니도 있으셨거든요. 말 몇십 년
　　타셨던…. 그분이 저한테 오시더니, '거기, 하얀 말
　　선생님, 제 옆으로 절대 오지 마세요.' 하셨어요."

　　"헐, 그거 진짜 제대로 마상이다."

나는 김 언니의 말을 듣고 마음속으로 생각했다.

    '승마는 몸의 균형뿐 아니라, 마음의
    균형까지 다 잡아야 하는 운동인 건가?'

나는 아무것도 모르고 승마를 하게 되었지만, 승마는
뭔가 안팎으로 균형을 잡을 수 있어야 잘할 수 있는 운동
이었나 보다.

제가 말을 잘 탄다고요?

이제 승마 수업도 2번밖에 남지 않았다. 오늘도 말타기 전 긴장을 거듭하던 나는 준비 운동을 하며 마음을 다잡아 보았다. 평소에는 미리 산책하며 몸을 풀고 오는 데 오늘은 별다른 운동을 못 하고 와서 더욱 긴장되는 것만 같았다. 괜스레 숨을 크게 들이마시고, 기마 자세를 취하고 무릎을 굽혔다 폈다 했다.

  "아, 진짜 긴장된다."

긴장한 나를 보고 〈덜커덩 선생님〉께서 말씀하셨다.

  "잘 타는 코치들은 긴장 안 할 것 같죠? 코치들도
  말타기 전에 커피 마시고 오고, 담배 피우고 오고,
  화장실 갔다 오고 그래요. 원래 누구나 말타기 전에
  긴장되는 건 당연한 거예요."

수업이 몇 번 남지 않아 그런지 오늘따라 선생님의 목소리가 따뜻했다.

"오늘은 잘 될지 모르겠네요?"

나는 여전히 긴장한 채 선생님께 말했다.

"우리 반, 이 정도면 진짜 잘 타는 거 아니에요?"

옆에 있던 미자 언니가 해맑게 한마디 했다.

"맞죠. 이 반 잘 타요. 거의 말 준비시키는 건 중급반
이상으로 잘하고요."

오늘은 웬일로 〈덜커덩 선생님〉이 칭찬 일색이다. 기왕
이렇게 된 김에 나는 선생님께 내 실력이 어느 정도인지
한 번 여쭤보기로 했다.

"선생님, 제가 이 반에서 제일 못 타는 건 아는데요.
제가 다른 반에 어떤 수준이에요? 다른 반 타는 건
못 봐서…. 다음 학기에 저만 초급반으로 못 올라
갈까 봐 걱정도 되고 그랬는데요…."

"누가 그래요? 누가 못 탄다고 한 사람 있어요?"

〈덜커덩 선생님〉은 갑자기 누군가 나 보고 승마 못 한다고 하면 내 편을 들어줄 기세로 말씀하셨다.

'저… 저기요? 한 학기 동안 선생님… 이요?'

"잘 타요. 진짜 못 타는 사람을 못 봐서 그래요.
말이 아예 못 가요. 아침 수업에서도 말 한 마리가
그냥 마장을 나가버렸는데요…."

'아… 지금 뭔데?'

〈덜커덩 선생님〉은 말에게만 당근과 채찍을 잘 쓰는 게 아니고, 학생들에게도 잘 쓰시나? 이런 아찔한 〈덜커덩 선생님〉 같으니라고….

옆에서 대화를 듣던 미자 언니는 선생님이 자리를 비우자 내게 한마디 했다.

"아니, 저번 시간까지 용희 씨 못 탄다고 혼난 거
아니었어? 왜 갑자기 잘 탄대?"

나도 어리둥절해서 언니에게 말했다.

"그러게요? 저도 지금 좀 혼란스러운 데요?
저 잘 타는 거였어요? 아니면 선생님이 이제
저한테도 당근 줄 때가 되셨나?"

뭐, 진실이야 어찌 됐든 선생님이 잘 탄다고 하고 칭찬
해 주니 기분은 좋았다. 나는 앞으로 선생님께 칭찬을 듣
든 꾸중을 듣든 내가 포기하지만 않으면 언젠가는 말을
잘 달 수 있을 거로 편하게 생각하기로 했다. 어차피 뭐 몇
십 년 타다 보면 내 승마도 조금 괜찮아지지 않을까?

잠시 후 〈덜커덩 선생님〉이 자리로 돌아오자, 미자 언
니가 선생님께 말했다.

"아니, 우리 반 쫑파티 해야 하는 것 아녜요?

언제가 좋아? 자기는 언제 시간 돼? 우리 언제로
할까?”

역시 뭐든 빠른 미자 언니는 벌써 쫑파티 날짜를 잡기
시작했다.

“저는 화요일이나 목요일이 좋아요.”

내가 답했다.

“목요일? 이번 주 목요일은 저 바비큐 파티하기로
했는데….”

혼자 중얼거리는 선생님께 미자 언니는 빠르게 물었다.

“누구랑?”

“아, 나 지금 순간 대답할 뻔했잖아.”

선생님이 당황해서 말씀하셨다.

"선생님, 미자 언니 해맑은 공격 조심하세요. 절대
방심하면 안 돼요."

나는 둘을 놀려댔다.

그렇게 한참 즐겁게 웃고 떠드는 사이 곧 나의 기승 순
서가 되었다. 오늘 우리는 센터의 큰 공간에서 달리기로
했는데, 큰 공간은 확실히 앞말과의 공간을 좀 더 넓게 벌
릴 수 있어서 심리적으로 안정감을 주는 것 같았다.

나는 말 등에 올라서 숨을 크게 들이마신 후 말을 달리
게 했다. 말이 달려 나가는 걸 느끼고 흐름을 타기 시작하
자, 오늘따라 말이 유독 부드럽게 잘 달려 나가는 듯했다.
선생님께 칭찬을 들어서 인지 승마도 더 잘되는 것만 같
았다. 그렇게 한참을 달리다 보니 말은 걸림 없이 잘 달리
고 있었고, 나는 어느새 내가 승마에 완전히 적응한 것처
럼 느끼기 시작했다.

‘어? 진짜 이제 좀 잘 되는 것 같은데?’

내 앞으로 잘 달리고 있는 미자 언니가 보였다. 나는 미자 언니 바로 뒤쪽으로 붙어서 계속 달렸다. 우리가 탄 말은 빠르게 달려 나갔다. 그렇게 계속 달리다 보니 어느새 하늘을 달리고 있는 듯한 느낌이 들기 시작했다. 기분이 무척 좋았다.

한참을 달리다 정신을 가다듬고 생각해 보니 지금 내가 올라타 있는 것은 말 등이고, 난 여전히 무섭고 떨린다는 걸 알았다. 여기서 흐름을 타지 못하고 균형을 잃으면 순간의 실수로 바로 떨어질 수도 있을 것도 같았다.

‘잘 된다고 너무 자만하면 안 돼. 항상 겸손해야 해.’

나는 마지막까지 긴장감을 놓지 않으려 노력했다. 계속 달리다 보니 문득 ‘우리의 삶도 이렇게 달리는 말 등에 올라타는 것과 같지 않을까?’ 하는 생각이 들었다.

"뭐야? 용희 씨. 오늘 잘 탔네?"

말에서 내려오는 데 미자 언니가 말했다.

"이제 좀 감을 잡은 것 같은데요?"

내가 대답했다.

"아니, 나는 용희 씨가 안 보이는 거야. 그래서 어디
갔나 찾아봤더니 바로 뒤에 있더라고…."

"맞아요. 저, 언니 바로 뒤에서 쫓아갔어요."

"원래 용희 씨는 내가 달리다 보면 어딘가에
있거든. 근데 오늘은 없더라고."

원래 어딘가에서 보이던 내가 오늘 미자 언니 시야에서
안 보일 정도였다니 〈덜커덩 선생님〉 말씀대로 '이제 내
가 말을 잘 타는 건가?' 하고 생각했다.

나는 내가 잘 타는 건지 혼란스러웠지만 어쨌든 이제는 그냥 모든 걸 편하게 생각하고, 되는 대로 흐름에 맡겨 보기로 결심했다.

쫑파티 날 글램핑장에서

이제 승마 수업은 마지막 수업만이 남았다.

「보통 시작이 어렵지만, 끝내는 일은 더 어려운 법」

인생에서 그냥 하던 대로 계속하는 일은 별로 일어나지 않는 것처럼 어느새 우리에게도 이별이 성큼 다가오고 있었다.

승마 수업의 이별이 아쉬웠던 우리는 쫑파티를 하기로 했다. 서로의 일정이 맞지 않아 한참을 조율하다가 마지막 수업을 앞둔 화요일에 만나기로 했다.

처음에 우린 간단히 저녁을 먹으려 했었는데 〈털커덩 선생님〉의 수업이 7시 반에 끝나고, 술을 못 드신다고 하셔서 장소 선정이 어려웠다. 제주 도민들은 보통 저녁 있는 삶을 살고 있어 식당은 일찍 마감하기 때문에 고민하던 우리는 밤늦게까지 함께 있을 수 있는 글램핑장에서 쫑파티를 하기로 했다.

"아니, 얼마 만에 하는 야영이야. 꼭 MT 가는 것
같네? 아, 대학 때 생각난다."

나는 마냥 들떠서 재잘거렸다.

"시내에 이렇게 좋은 곳이 있었어? 가격도 그렇게
비싸지 않은 것 같네?"

경제적인 것을 좋아하는 미자 언니가 말했다. 우리가
예약한 글램핑장은 승마 아카데미 근처에 있는 글램핑
장으로 1박에 75,000원이었다. 우리는 총 6명이라 인당
12,500원에 밤늦게까지 놀 수 있는 자유를 얻은 것이다.
이 정도 가격이면 시내 롤러 스게이드징보다 저렴한 것
같아서 만족스러웠고, 가격도 가격이지만 나는 오랜만에
사람들과 편하게 이야기하고 즐겁게 놀 생각에 더 들뜨는
것만 같았다.

"장을 봐야 하는데, 장 볼 사람들은 오늘 4시에
노형동 하나로마트로 오세요."

혜수 언니가 단톡방에 공지를 남겼다. 나는 특별히 하는 일은 없었지만 장 보는 걸 구경하러 따라갔다.

마트에 도착해서 야영 경험이 풍부한 혜수 언니는 상황을 진두지휘하며 빠르게 장을 보았다. 언니의 빠른 판단력과 손놀림은 가히 멋졌고, 나는 혜수 언니의 그런 시원시원한 성격이 좋았다.

우리는 호흡이 잘 맞아서 금세 장보기를 마쳤다. 언니들이 워낙 빨라서 나는 그냥 따라만 다녀도 돼서 편했다. 장보기를 마친 우리는 각자 짐을 나눠 차에 싣고 글램핑장으로 향했다.

글램핑장은 대형 식당 옆에 자리 잡고 있는데, 언뜻 보기엔 그냥 도심 같은 곳이었다. 하지만 주차장에 차를 대고 조금만 들어가면 상상도 못 한 곳에서 숲이 나왔다. 화장실 근처에는 '밤에 엄마 노루가 새끼 노루를 찾는 울음소리가 들릴 수 있으니 너무 놀라지 마세요.'라는 당부의 말이 쓰여 있었다. 우리가 찾은 글램핑장은 도심이지만 동시에 숲속인 신기한 곳이었다.

글램핑장 입구에는 손님들이 예약한 텐트 번호가 표기되어 있었다. 우리는 짐을 들고 예약한 8번 텐트가 있는 곳을 찾아갔다.

그곳에는 침대와 에어컨, 화장대가 있었고, 발코니와 음식을 먹을 수 있는 큰 테이블이 놓인 공간도 있었다. 발코니를 지나 마당으로 나가면 불을 피울 수 있는 화로도 놓여 있어서 전반적으로 시설이 쾌적하고 좋았다.

"캠프파이어도 할 수 있고, 여기 진짜 좋네."

"진짜 좋은데요?"

사람들은 저마다 한마디씩 했고, 다들 장소가 맘에 드는 눈치였다. 나도 글램핑장이 편안하고 좋았다. 주변을 둘러본 후 우리는 각자 들고 온 짐을 정리하기 시작했다.

나는 미자 언니가 냉장고 정리하는 것을 도왔다. 언니는 엄청나게 많은 물건을 순식간에 차곡차곡 정리했다.

　"언니, 이게 작은 냉장고에 다 들어가요?
　진짜 정리 잘하시네요?"

나는 언니의 빠른 손놀림에 감탄하며 말했다.

　"뭐, 이 정도는 기본이지. 나 상추 씻어 올게."

냉장고 정리를 마친 미자 언니는 상추를 들고 수돗가로 갔다. 이윽고 늦게 출발한 유진 씨와 도진 씨가 도착했다. 유진 씨와 도진 씨는 차에서 캠핑 의자를 가져다가 마당에 설치했다.

　"여기 보세요."

사진을 잘 찍는 유진 씨가 단체 사진을 찍기 위해 핸드폰을 꺼냈다.

"유진 씨 사진 진짜 잘 찍는 데, 다들 빨리 서.

　유진 씨 사진은 사진작가가 찍은 것처럼 나와."

어느새 상추를 다 씻고 돌아온 미자 언니가 말했다.

　'미자 언니 대체 언제 온 거지? 언니 진짜 빠르다.'

　나는 미자 언니의 빠른 행동이 신기했지만, 유진 씨가 찍으면 사진이 잘 나온다는 말에 잔뜩 기대에 부풀어 포즈를 취해 보았다. 하지만 예쁜 사진이 나올 거란 기대감이 무색하게도 찍힌 사진을 보니, 나만 눈을 감고 있는 게 아닌가?

　'힝, 사진작가 유진 씨 사진인데….'

왠지 모를 아쉬움이 남았다.

　와자지껄 떠들고 노는 사이 〈덜커덩 선생님〉이 글램핑장에 도착했다. 선생님은 반려견 '뿌꾸'와 함께 오셨는데 나는 메신저 프로필 사진을 통해 선생님이 하얀 진돗개를 키우고 계신 줄은 알았지만, 그 아이가 이렇게 작은 줄은 몰랐다.

　"아니, 얘가 그 선생님 프로필 사진에 있던 그 개
　　맞아요? 사진으로 볼 때는 커 보였는데, 얘 왜 이리
　　작아요? 원래 아기였어요? 진짜 귀엽다."

　나는 '뿌꾸'를 쓰다듬으며 말했다. 새하얗고 작은 '뿌꾸'가 나를 보고 꼬리를 마구 흔들었다.

　"4~5개월 됐어요. 아직 더 커야 해요."

　선생님도 '뿌꾸'를 쳐다보며 말했다. '뿌꾸'는 너무너무 귀여웠다.

　"얘 진돗개 아니에요? 사진에서는 크게 보여서
　　진돗개인 줄 알았는데, 개 종류가 뭐예요?"

"시바예요."

"아, 시바. 그럼, 그 센터에 돌아다니는 주먹만 한
아기 백 시바가 이렇게 큰 거예요?"

"걔는 또 다른 아이죠."

선생님이 대답하셨다.

"나, 얘 본 것 같은데? 센터에서."

대화를 듣고 있던 미자 언니가 말했다.

"우리 수업할 때 건물 옆쪽에 있었어. 가끔 봤는데?"

미자 언니는 푸들 두 마리를 키우고 있는데, 언니네 집
에 놀러 갔을 때 언니는 반려견에게 꽤 다정다감했다. 그
래서 언니는 센터의 다른 개들에게도 자연스럽게 관심을
가졌었나 보다.

참고로 말하자면 승마 아카데미에는 동물들이 많이 살고 있다. 마장으로 향하는 입구에서 항상 졸고 있는 고양이 가족이 있고, 가끔 사무실과 마구간을 돌아다니는 콜리도 있고, 〈오늘의 선생님〉이 주로 데리고 다니시는 주먹만 한 아기 백 시바도 있다.

그래서 난 '뿌꾸'가 시바라고 하길래 센터에 사는 작은 아기 시바가 그새 벌써 이만큼 큰 건 줄 알았다.

TV에서 보던 시바는 엄살도 심하고 심술궂었던 것 같은 데, '뿌꾸'는 꽤 조용하고 얌전했다. 아마 사람도 사람 나름이듯 시바도 시바 나름인가 보다.

"저기, 뿌꾸도 뭘 좀 먹여도 될까요?"

'뿌꾸'가 배고플까 봐 마음이 쓰이셨는지, 혜수 언니에게 〈덜커덩 선생님〉이 물었다.

"그럼요."

혜수 언니는 친절히 식칼을 꺼내서 재빠르게 수박씨를 바르며 말했다.

"시바는 수박씨 발라줘야겠네요."

'뭐야? 혜수 언니. 지금 묘하게 웃긴 거야?'

그렇게 시간을 보내는 사이 마당의 장작은 타들어 가고, 우리의 우정은 깊어져 갔다.

"언니, 마시멜로 구워 먹을래요?"

유진 씨가 내게 말을 건넸다.

"마시멜로 구워 먹어 본 적이 없는데…."

"이참에 우리 한 번 해봐요."

우리는 커다란 마시멜로를 꼬챙이에 끼웠다. 동그랗고

커다란 마시멜로가 무척 귀엽게 느껴졌다.

"나도 할래."

"나도, 나도."

미자 언니와 혜수 언니도 마시멜로 꼬치를 들고 함께 화로 앞에 앉았다.

"제가 사진 찍어 드릴게요."

도진 씨가 우리를 향해 핸드폰을 들었다.

"뭐야, 뭐야? 이거 어떻게 굽는 건데?"

미자 언니가 마시멜로를 그대로 불 속으로 집어넣었다. 그 순간 언니의 마시멜로가 화르르 불탔다.

"아니, 원래 이거 불붙어요?"

나는 너무 놀라 언니의 불타는 성화 봉송을 바라보았다. 그렇게 사진이 찍혔고 언니의 마시멜로는 이미 숯 검댕이 되어 있었다.

생전 처음 먹어보는 성화 봉송 마시멜로의 맛은 타버린 껍데기를 벗기고 먹으니, 달고나와 비슷한 맛이 났다.

"이거 참 재밌네?"

우리는 몇 번 더 마시멜로를 구웠다. 나는 왜 사람들이 캠프파이어를 하면서 마시멜로를 구워 먹는지 몰랐었는데, 막상 해보니 굽는 게 재미있어서 계속하게 되는 것 같았다.

"김 반장님, 노래 선곡 좀 해주세요. 지난번에 미자 언니네에 갔을 때 김 반장님 노래 덕분에 좋았는데."

내가 처음 미자 언니네 놀러 간 날 언니는 나에게 집에서 로스팅한 핸드드립 커피를 내주었고, 김 반장님은 잔

잔한 노래를 틀어주었다. 두 분의 편안한 분위기 덕분에 나는 5시간 넘게 언니랑 얘기할 수 있었다.

"그럴까?"

김 반장님 핸드폰을 꺼내 노래를 틀었다. 첫 선곡은 신승훈 노래였다. 모닥불과 함께 어우러지는 감미로운 목소리가 이 밤과 잘 어울렸다.

"이게 얼마 만에 듣는 신승훈이야? 옛날 생각난다.
역시 선곡은 김 반장님."

우린 잠시 김 반장님이 틀어주시는 음악에 취했다. 음악과 함께 우리는 미자 언니네 부부가 살아온 이야기와 선생님이 승마하게 된 이야기, 도진 씨네 형이 얼마 전 제주도에 놀러 왔던 이야기를 나눴다.

"아, 맞다. 저 트렁크에 불꽃놀이 있는데…"

나는 얼마 전 낮에 함덕 해수욕장을 걷다가 불꽃놀이를 주웠던 게 생각났다. 관광객들이 밤에 놀다가 빠뜨리고 간 걸 바닷가 환경정화 차원에서 주워야겠다고 생각했었는데, 갖고 있으면 혹시 쓸 일이 있을지도 몰라서 차에 실어두었던 것이었다. 차에 있는 건 여태까지 본 적 없는 대형 크기의 스파클라였다.

내가 차에 불꽃놀이를 가지러 간 사이 사람들은 삼각대를 설치하고, 단체 사진 찍을 준비를 해 놓았다.

돌아오는 나를 보고 미자 언니가 외쳤다.

"용희 씨, 사진 찍게 빨리 가서 셔터 누르고 와."

언니의 말에 나는 달려가서 셔터를 눌렀다.

하지만 타이머가 3초로 설정되어 있는 바람에 사진이 생각보다 너무 빨리 찍혔다. 나는 열심히 뛰어갔는데, 어찌 된 영문인지 자꾸 내 머리카락만 나왔다.

"아니, 그럴 거면 선생님이 그냥 우리를 찍어요."

역시 까칠한 〈덜커덩 선생님〉이 한마디 했다.

"아니, 그러니까 이게 왜 안 되지?"

나는 지금 이 상황이 너무 황당하고 웃겼다. 보다 못한 김 반장님이 의자를 내주시며 한마디 하셨다.

"용희 씨, 내가 의자에서 일어날 테니까 빨리 누르고 여기 와서 앉아."

나는 반장님의 말씀대로 했다. 다행히 이번에는 내 얼굴이 잘 나왔다.

"다음 학기에도 승마 등록할 거지?"

한바탕 기념사진이 끝난 뒤 미자 언니가 물었다.

"저는 할 거예요."

"저도요."

나와 혜수 언니가 대답했다.

"저희는⋯ 아직 잘 모르겠어요. 혹시 다음에 제가
    일을 할 수도 있고요."

유진 씨가 말했다.

이별이 아쉬웠던 우리는 밤이 깊도록 별다른 할 말이
없었지만, 그냥 자리에 앉아 서로의 머릿속에 떠오르는
이야기를 나눴다. 아마 이 시간이 끝나지 않았으면 하는
바람과 헤어지고 싶지 않은 아쉬움이 한 데 섞여 있었기
때문이었던 것 같다. 여러 마음을 뒤로하고 자정쯤 우리
는 헤어지기로 했다.

"언니, 잘 지내요. 나중에 우리 또 만나는 거죠?"

착한 유진 씨가 내 차에 짐을 실어 주며 말했다.

　"그럼요. 유진 씨, 우리 또 만나야죠."

나는 웃으며 대답했다.

마지막 수업

작별 인사가 무색하게 다음 날 우리는 마지막 수업을 위해 센터에서 만났다. 자정 무렵 헤어졌다 다시 만나니 진짜 밤새도록 야영한 것 같은 기분이 들었다.

"방금 헤어진 것 같은데 또 만나네요?"

나는 미자 언니를 보고 반갑게 인사했다.

"어제 재밌지 않았어?"

미자 언니가 말했다.

"네. 너무 재미있어서 어젯밤이 꿈인 것만 같아요."

"거기 진짜 좋았지? 우리 다음에도 기회 되면 한 번 또 가자. 우리가 몰라서 이것저것 사 간 거였는데, 거기 뭐 안 사가도 되겠던데? 매점에 가보니 그냥 편의점 가격이더라."

"아, 그랬어요? 다음에 갈 땐 더 편하게 가겠네요?"

말을 타러 왔지만, 아직도 우리는 글램핑장에 있는 기분이었다.

"여기, 동지는 물 좀 먹이고 들어갈게요. 방금 수업 시간에 많이 달려서 꽤 더울 것 같아요."

앞 반 사람들이 '동지'를 우리에게 데려다주면서 말했다. 우리는 말을 수장대에 묶고, 양동이에 물을 떠서 가져다주었다.

"동지야. 물 마셔."

다정한 미자 언니의 말에도 '동지'는 양동이를 엎어 버렸다.

'뭐야? 동지. 우리랑 헤어지기 싫어서 그런 거야?'

나는 아직도 마음이 글램핑장에 있는 듯 '동지'가 양동이를 엎는데도 감상적인 생각이 쏟아졌다.

　　"이 양동이가 너무 깊숙해서 불편해서 그런가?"

　미자 언니는 입구가 넓적한 통에 물을 다시 받아왔다. 그제야 만족한 듯 '동지'는 물을 마셨다. 이별을 앞에 두고 평화롭게 말이 물 마시는 걸 보고 있자니 여름 방학에 '동지'는 뭐 하고 지내려나? 다음 학기에 '동지'는 나를 기억할까? 하는 쓸쓸한 생각들이 스쳐 지나갔다.

　　"오늘 〈덜커덩 선생님〉 안 오시는 거예요?"

　수장대에 우리 반 선생님 대신 〈오늘의 선생님〉이 와 계신 걸 본 혜수 언니가 물었다.

　　"선생님 바쁘셔서 대신 말 준비만 해주고 가신대."

　센터 소식에 빠른 미자 언니가 답했다. 우리는 말을 끌고 마장으로 들어갔다. 나는 오늘이 마지막 날이니만큼 끝까지 열심히 타봐야겠다고 생각했다. 봄에 시작한 승마가 막상 이렇게 끝난다고 생각하니 이런저런 아쉬움만 남는 기분이었다.

그때 〈덜커덩 선생님〉이 마장으로 들어오셨다.

"선생님, 우리는 선생님 오늘 안 오신 줄
알았잖아요."

선생님을 보고 반가운 어조로 미자 언니가 말했다.

"오늘 센터에 일이 많아요. 방금 사료가 와서요."

무심한 듯 시크하게 〈덜커덩 선생님〉이 말씀하셨다.

"선생님, 우리는 선생님이 슬퍼서 혼자
울러 가신 줄 알았잖아요."

나는 까칠한 〈덜커덩 선생님〉도 이별이 슬플 거로 생각하고 한마디 했다.

드디어 마지막 수업이 시작되고, 우리는 마지막까지 최선을 다했다. 혜수 언니가 말 타는 걸 보는 데, 진짜 승마선수같이 멋있었다. 나는 도진 씨와 김 반장님이 타는 것도 차례차례 바라보며 말했다.

"그간 진짜 다들 많이 느셨네요."

"그러게요. 언제 이렇게 실력이 늘어난 거죠?"

구경하던 유진 씨가 답했다.

"이 반 잘 타요. 준비하는 건 제가 신경 안 써도
될 만큼 능숙하고, 타는 것도 이제 다들
어느 정도는 타시고요."

대화를 듣고 있던 〈덜커덩 선생님〉이 말씀하셨다.

"제 수업 방식도 많이 바뀌었어요. 예전에는 막
잘하게 만들려고 했었는데, 지금은 그렇게
안 해요."

"안 될 것 같으면 굳이 말 안 하는 것도 있지
않아요?"

나는 선생님께 물었다.

"그런 것도 있죠."

선생님이 대답하셨다. 잠시 생각에 잠긴 선생님을 바라
보던 내가 물었다.

"선생님, 첫날에 〈오늘의 선생님〉이 저희에게
마음이 열리면 승마를 잘하게 될 거라고
하셨거든요…. 혹시 선생님은 어떻게 생각하세요?
진짜 우리가 마음이 더 열리면 앞으로 더 잘 타게
되는 건가요?"

오리엔테이션에서 〈오늘의 선생님〉은 우리가 마음이 열리면 말을 잘 타게 된다고 하셨었는데, 나는 그 말씀을 승마에 대한 두려움을 극복하면 누구나 잘 타게 된다는 말로 이해하고 있었다. 과연 〈덜커덩 선생님〉은 승마를 잘하려면 무엇이 필요하다고 하실까?

"그럴 수도 있는데…. 제 생각은 좀 달라요."

동의하실 줄 알았는데 의외의 대답에 내가 물었다.

"무엇이 다른데요?"

"저는 매일 타면 실력이 는다고 생각해요. 다들 두려운 게 있지만, 결국 계속 타야 느는 거죠."

역시 사람마다 가치관이 달라서 그런 것인지, 말을 잘 타는 방법에 대한 선생님들의 견해가 엇갈렸다. 〈덜커덩 선생님〉께서는 끈기 있게 습관처럼 계속하면 결국 실력이 쌓이는 걸 말씀하시는 것 같았다.

나는 내가 부족한 게 뭔지, 뭘 못하는 건지 깨달았을 때 비로소 승마에 대한 감을 좀 잡을 수 있었는데….

만약 승마를 삶에 비유한다면 이런 다양한 견해들은 우리의 가치관 차이인 걸까?

누군가는 두려움을 극복하면 실력이 늘고, 누군가는 지속적인 습관을 들이면 실력이 늘고, 누군가는 걸림을 제거하면 비로소 실력이 느는 걸까?

이윽고 마지막 수업의 내 차례가 되었다. 나는 무난히 말을 타고 마지막 수업을 잘 마무리하리라 다짐했다. 하지만 비장한 다심도 잠시, 말이 출발하자마자 나는 금세 삐그덕거리기 시작했다.

　"안장 잡지 마요. 고삐 잡아요."

시작부터〈덜커덩 선생님〉의 호통 소리가 들려왔다.

'어휴, 다음 학기엔 좀 나아지려나?'

다음 학기를 생각하면 벌써 부침이 밀려왔다. 나는 다음 학기도 준비할 겸 오늘의 마지막 수업은 기분 좋게 힐링 승마로 마무리해야겠다고 생각했다. 그래서 난 선생님의 눈을 피해 구석으로 말을 몰고, 슬슬 속도를 줄였다.

"뭐해요? 달려야지. 가만히 있으면 어떻게 해요?"

역시나 매의 눈으로 보고 있던 〈털커덩 선생님〉은 귀신같이 알고 호통을 치셨다.

그렇게 우리는 마지막 수업을 마무리하고 미리 와 계시던 다음 반 수강생분께 단체 사진을 부탁했다. 그분은 자신이 회사에서 원래 사진을 잘 찍기로 유명하시다며, 우리 사진도 잘 찍어 주겠다고 하셨다. 그래서인지 우리의 마지막 사진은 사보에 실려도 될 만큼 굉장히 멋지게 나왔다. 나는 이번 사진에서는 확실하게 눈을 떠서 다행이라고 생각했다.

나는 마지막까지 부족한 나를 업고 잘 달려준 '동지'와도 셀카를 찍었다. 이상하게도 '동지'의 얼굴은 반만 나왔다. 나는 '동지'의 귀를 하늘 방향으로 쏙쏙 가볍게 만져주고, 얼굴을 껴안았다. '동지'는 매우 단단했지만 따스하고 편안했다.

　　"다음 학기에도 만나자. 동지야."

　나는 '동지'에게도 마지막 인사를 건넸다.

보내는 글

승마, 당신을 보내며

봄에 시작한 승마는 제게 새로운 인연을 가져다주었습니다. 좋은 말, 좋은 사람들, 좋은 선생님. 재밌는 인연을 만나 함께 모험하고 우정도 쌓았지요.

승마가 끝나면 우리 반은 가끔 밥을 먹고, 차를 마시고, 함께 놀러 가기도 했습니다. 저는 미자 언니네 집에 가서 강아지들을 만나기도 하고, 멋쟁이 혜수 언니에게 그림 그리는 법과 헬스 잘하는 법도 배웠습니다. 유진 씨와 도진 씨에게는 여행 정보를 얻기도 했지요.

동지는 어떻게 지내냐고요? 다음 학기에 센터에서 다시 만나게 된 동지는 여전히 친구들과 함께 잘 놀고, 잘 뛰고, 친하게 지내고 있었습니다.

그리고 〈덜커덩 선생님〉은 얼마 전 승마장을 개업하셔서 이젠 부드럽고 친절한 〈덜커덩 사장님〉이 되셨다고 주장하고 계세요. 하지만 글쎄요? 그건 제가 언제 한 번 승마장에 놀러 가 봐야 확실히 알게 될 것 같네요.

이번 학기를 돌아보면 저는 말을 잘 타기 위해서 계속 강해져야 한다고 생각했던 것 같아요. 처음에는 기승자가 강단이 있어야 말도 잘 이끌 수 있는 것으로 생각했습니다. 하지만 수업이 진행될수록 단지 강한 것만으로는 무언가 부족하다는 걸 알게 되었고, 제게 부족한 것들을 찾아보기 시작했습니다. 없던 코어 힘을 기르고 말 등에서 균형 감각을 키우다 보니, 움직임의 변화 속에서도 몸을 어느 한쪽으로 기울이거나 치우치게 하지 않고 언제나 고른 상태로 유지하는 법을 조금은 배우게 되었습니다.

　그러다 문득 '강인함과 부드러움 사이에서 섬세하게 균형을 잡으며 달리는 것이 승마가 아닐까?' 하는 생각이 들었습니다. 그리고 날리는 말 위에 올라선 진정 강한 사람은 완급을 조절하고, 강약을 조화롭고 섬세하게 컨트롤하는 힘을 가지고 있다는 것도 알게 되었습니다.

　저는 말을 타면 탈수록 시시각각 변하고 위험천만한 우리의 인생 여정이 승마와 닮은 것처럼 느껴졌습니다.

그래서 인생을 잘 타기 위해서라도 앞으로 저는 어떻게든 말을 잘 타보고 싶어졌어요. 해도 해도 너무 어렵지만 아슬아슬하게 재미있는 승마의 매력 덕분에 저는 말을 계속 탈 예정이고요. 기회가 닿는다면 여러분께도 종종 제주의 승마 이야기를 들려드리겠습니다.

우연히 접한 승마 덕분에 이렇게 여러분께 저의 이야기를 전해드릴 수 있어서 정말 감사하게 생각합니다.

여러분께도 항상 제주의 행운이 가득해지시길 바라며, 강인함과 섬세함 사이. 언제나 균형 잡힌 당신의 인생을 응원합니다.

승마와 당신을 보내며

김용희

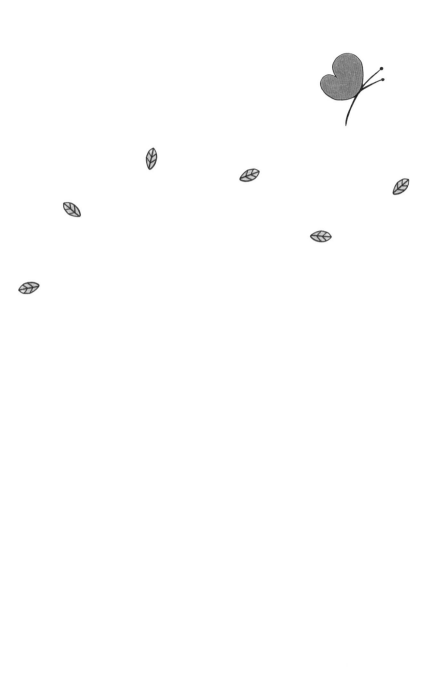

제주의 말 타는 날들
ⓒ 김용희

발행일
2023년 8월 15일   초판 1쇄
2024년 11월 25일 개정판 1쇄

지은이 김용희

편집.디자인.일러스트 김용희
표지 미조

발행처 달책빵
발행인 박주현
출판등록 2022년 06월 23일 제2022-37호
전자우편 moonbookbread@gmail.com
대표전화 064-782-4847
등록주소 제주특별자치도 제주시 구좌읍 대수길 10-12

정가 15,000원
ISBN 979-11-94170-00-6 03800